目 录

第一章 额尔齐斯河素描

第二章　情系额尔齐斯河

额尔齐斯河两岸

曾其祥　著

克孜勒苏柯尔克孜文出版社
新疆电子音像出版社

第一章　额尔齐斯河素描

额尔齐斯河之写

我在额尔齐斯河畔生活了近四十年，家离河不到200米，那是一条我常常枕着入梦的大河。

我第一次乘乌鲁木齐市至阿勒泰的飞机，实现了儿时的梦想——在空中鸟瞰额尔齐斯河，我惊呆了，原来，我们自小嬉戏于大河的怀抱，却从没看见过她秀美的全貌，她的美丽深深地震撼着我，使我第一次感受到了自然的生动，世间的美好，个人的渺小。

没有生活的阅历，是看不懂她的。

那是一条野性和温柔并存的河流，是有性格的河水。她奔腾呼啸而来，一旦冲出远寂的阿尔泰山脉，就变得既激情荡漾，又九曲回肠。那已不是巨匠所作的一幅绝妙河床图，也不仅仅是一床嫩绿色的自然河景，不是那上面缀着一片片浓墨绿色的树木和青草，这都不够，她已这样为自然贡献千万年了，直到她找到了一种归宿。终于有一天，她用甘甜

1

的乳汁哺育出缠绕无际连天良田和万千人家时，她的美丽与人类文明交合，才大放光彩了，她就此走出了混沌蒙昧，而才有了生命。

这条千年寂静而默默西行的河流，为白茫茫的库尔班通古特沙漠，为黄沉沉的准噶尔大戈壁，为黑黝黝的阿尔泰山，挽上了一条彩色的文明绿丝带。

她成为了一条奉献的河流，所以，她才美。我从来认为，审美第一要义是美之奉献。

"倒流河"

　　额尔齐斯河因为由东向西流，被称之为我国惟一的一条倒流河。

　　额尔齐斯河是一条自然河，似一匹惟性子激烈的野马，呼啸着从阿尔泰山间各处奔腾而出。她一定是听到了文明的集结号。

　　据载，万年之前，额尔齐斯河上游交流是在什巴提附近两岸仓塔玛依（今福海）地区，向西南，通过干海子流向准噶尔盆地。在飞机上可以看到古老的三角洲和干涸的古河床，也就是说，她曾经是一条自东而出向南的河流。这是一片让自然之手刻意雕刻过的地方，到第四纪后期，阿尔泰山的山前地区，克朗河下游和乌伦古湖地区下陷，额尔齐斯河自什巴提以下沿谷底断裂改道，流向西北而成今状。

　　额尔齐斯河水清澈碧绿，在铺满五颜六色鹅卵石的河床上缓缓滑动着，天鹅、江鸥和成群的野鸭悠然戏水，水中的旱獭和水老鳖时常出没。我儿时，在离北屯流域不远的三道弯以上，就能捡到野鸭蛋，采野菱角，知道被"水老鼠"（旱獭）咬破手指的厉害。河两岸是茂密的白桦林和杨树林，以自然生长的欧洲杨柳为主,在十月秋日季节里,阳光下原始树林中,金黄成片,绛红点缀,墨绿如黑,一派春华秋实沉甸甸的景象。自然、宁静与美丽结合,就使额尔齐斯河远离了污染,她曾无欲地在人烟稀少的地方存在。这里生长着我国仅有的欧洲黑杨、银白杨、银灰杨和苦杨等,是全国杨树的基因库。儿时憧憬和想象过在电影《林海雪原》里的那种原始森林,不知这里也叫原始森林,我们那时就叫树林子,那时的树林子大了,记忆中密不透风,一片茂密。那时的情景,如今在电脑中尽情"节外生枝"创作涂绿,似乎也画不出当时的广大、悠深、无尽。要说走通额尔齐斯河南北容易,但要有胆量和体力,狼蛇蚊蝇、参天大树和高没我们的杂草,无疑是挑战;要说沿定额尔齐斯河东西,我们知道,那是一条永远走不出的大河,因为,我们知道她从东方太阳升起的地方来,落日处是她的归属,后来知道她去了北冰洋,北冰洋在哪儿?在天边,不仅在儿时的想象中,也在现在的想象中。

额尔齐斯河发源于阿尔泰山中,从河源到中、哈国的河系全长546千米,分别由布尔津河、哈巴河、比列滋河、克朗河等六支汇聚而成,是新疆的大河之一,是我国惟一流入北冰洋的倒流河。额尔齐斯河流出国境后,注入哈萨克斯坦高原上的斋桑泊,由斋桑泊向北流出,被称之为鄂毕河,鄂毕河纵贯西西伯利亚平原,注入北冰洋。这就是世界有名的我国惟一一条向西流的倒流河。

这是一条偏远的河流,由于它的特殊,每每成为各类考试中的一道"偏题"。那年考学,出现了这道难住很多内地同学的题目，而我信手捡拾得来。

而这一切是我津津乐道的。

儿时的我们，顾及不了它的历史悠久与美丽，只知道夏天下河游泳，冬天滑冰，放学上树砍柴、掏鸟，一放假，那里就是我们的乐园，我们在无尽头的原始树林中，打柴、玩耍、钓鱼、拾蘑菇、搞食红果果……

就说额尔齐斯河的鱼类吧，我们从来都以形象取名，起得都是"小名"。鱼身有几道黑色的就叫"五道黑"，浑身黑透的命名是"黑鱼"，鱼头像狗头的称"狗鱼"，又扁又宽的就是"鳊鱼"得了……直到近些年，我们才知道它们有很洋气的学名、大名，比如雅罗鱼、哲鲤鱼，还有名贵的鲟鳇鱼等。

当我们知道它们的学名时，它和我们之间的距离也远了，已快吃不起它们了。当年不要钱就能在河里捡拾或垂钓的小白鱼，要买也就五分、一毛钱一千克。30年价格翻了近三百多倍。那年，我在北屯菜市场看到卖小白鱼的，一问要10元一千克，现在20~30元还不好买上了。当年一两元一斤的黑鱼，现在乌鲁木齐市标明故乡的冷水鱼馆里，要花百十元才能吃上，还不是那味。至于野生鲤鱼，似乎已经绝迹。那天，我实在想吃五道黑了，菜馆报价为125元一条约500克……

我们总爱说，当年经济困难，家境贫寒，生活很差，现在身体还凑合，这得益于那些营养丰富名贵的鱼们。

吃鱼的文化说明，有时吃的是心情，有时吃的是实际。比如吃名鱼，有钱有地位人用之，既有名也有实，就有了鱼与鱼外的双重享受，得到的品级就高了，而一般人，像我们儿时所食,没有高品级感觉,只有填充肠胃。好在它们营养丰富,味道很好。

何谓得之?还是儿时那种绿色心情好矣。她的滋养,像母亲的哺育一样平常,而能够让我们茁壮成长并安然幸福,所以,看似平常的事物,往往是不平常的,所以,要学会珍藏和珍惜平常。

额尔齐斯河没有黄河的汹涌澎湃,也没有长江波澜壮阔,她相比大河、名河无疑是平常的,但她一样为生命和绿色倾其所有,她养育了我们,她是我心中的母亲河,我们爱她就如同爱自己平常而伟大的母亲。

河的历史

据查,额尔齐斯河是一条历史的河。

额尔齐斯河记载着历史的风雨,社会的兴衰。元代中书令耶律楚材生前随着成吉思汗西征,行程五六万千米,在新疆停留了六七年。

儿时,我们兴而所谈成吉思汗有二,一是毛主席诗词中有其人,说他"只识弯弓射大雕"。二是,眼前的平顶山,我们又叫得它得仁山,据说成吉思汗曾在这点将。耶律楚材在他的《西游泉》记载:1219 年夏,一代天骄成吉思汗西征驻扎在额尔齐斯河,补充骑兵及全军甲仗,曾在这里点将阅兵,至今,额尔齐斯河中段的北屯,还残存有点将台的遗址。

据说,成吉思汗看到额尔齐斯河畔风景宜人,是避暑的好地方,因而几度在此消夏。"细细和风红杏落,涓涓流水碧湖明。""含笑山桃不相识,相亲水鸟自忘情。""异域风光特秀丽,出入佳句自清奇。"都是耶律楚材为额尔齐斯河感染而留下的诗句。

额尔齐斯河曾是荒凉寂寞的,直到新疆和平解放,额尔齐斯河畔驻扎了一支解放军的部队,可以说,从这时起,她

7

才真正掀开了美丽的盖头。

1959 年，新疆生产建设兵团政委张仲瀚奉王震将军之命，穿过茫茫戈壁来到额尔齐斯河畔。至今兵团农十师及北屯人记忆犹新并津津乐道的是，当年张仲瀚将军登上尕尔布尔津突兀的山头眺望，所站之处，正是成吉思汗当年的点将台，也是前面所说的平顶山或得仁山，历史在不同人手里有不同的写法，成吉思汗为美景而陶醉驻足，而张将军不仅感叹美景，更为美景注入更美、更深刻的意境。记载张将军在农十师第一任师长张立长陪同下，看东北绵延起伏的阿尔泰山脉，望西北浓密无际的原始森林，南眺广袤无垠的千里戈壁，张仲瀚不禁诗兴大发："好一派秀丽河山，我道此地风光独好！"张仲瀚在讲述成吉思汗六次挥师此地站稳脚跟的历史，无限感慨地说："时光如涛，现在是 20 世纪下半叶了，我们是党领导的队伍，又有了几年拓荒开发的经验，一定要在这里开发一个新垦区。"字字铿锵有力，掷地有声。从此，以额尔齐斯河中段的北屯为轴心的农、工、矿等开发拉开了历史性的序幕，额尔齐斯河浪花融进了军垦艰苦创业的军号声。我也是在这号声中成长的一名军垦战士。

额尔齐斯河水资源十分丰富，加上又恰逢张立长师长是个水利专家，农十师首先要水要粮，针对灌溉农业的特点，开渠引水，浇灌良田，不能看着年径流量 95 亿立方米的水从脚下白白流走。从 1959 年冬正式开始挖渠，兴修水利工程，6 年之内，修成了三条主干渠，我们小时只知其叫"一干渠""二干渠"，总长六百多千米，总灌溉面积 30 万亩以上。戈壁变良田，千年亘古荒原已不再是野草的绿色，而变成小麦、水稻的身影。现在的农十师在额尔齐斯河流域的粮食产量已相当可观，而当年创业时，还吃原粮，吃小火轮从苏联运来的粮食，吃东北的高粱米。红色的高粱饭，至今在我的记忆中，还残留着红高粱米的香气。

很快，额尔齐斯河建成了第一个河上电站，当时的装机容量虽然只有 300 千瓦，但是，却给额尔齐斯河的长夜带来了光明，地窝子里的油灯换上电灯，时代突然一跃，向前进了具有本质意义的一大步，牛角酥油灯飞跃到电气时代，牧民原始游牧书写的额尔齐斯河的时代，从此有了新世界的真正概念。

我现在依稀记得，儿时曾坐着拖拉机去遥远的水电站参加过大会战，记得犒劳我的是第一次问津、一瓶难得好喝的汽水，而所谓遥远，只有 5 千米。

农十师人民紧紧跟着时代的步伐，以非凡的劳动和创造，使其一步也不肯落后，虽然，他们远在祖国最西北端，北屯人永远相信，自己的观念从来没有"慢半拍"，他们的聪慧跨越了时空自然距离，他们的思维能力很强，甚至于审美及服饰和语言，也不落后。

额尔齐斯河里有十多种鱼类，北屯人以食有鱼而骄傲。但是，他们不仅仅只看河里的鱼自生自灭，不仅只会撒网甩钩垂钓，而是注重把河水引向荒凉戈壁，把大力发展养殖业放在重要位置，一直在做不懈的努力，引河水建池塘，修水库，现已有几十万亩水面养鱼基地，有了新疆第一座高寒地区淡水鱼类研究馆，把自然挂上科技的列车，加速了经济发展。同时，把沿河靠山的矿业也作为科技的对象，对刚刚起步不久的工业、矿业、农业、牧业、渔业等都纳入科研轨道。很快,北屯人就在额尔齐斯河扎下了根基,这得益于粮食生产和最初的矿业。这其实就是一种科学发展观的具体体现。

在全国、新疆和兵团经济都处于十分困难的年代,农十师云母矿的开采,为北屯和农十师的建设起到了举足轻重的作用。当时流传一句话:吃粮靠 28 团(现 181 团),花钱靠云母厂。由周总理亲批成立的四个团级云母矿,近万人在长达 20 时间里,奋斗在阿尔泰山深山老林中,开采作为战备物质和电子工业等用途的主要材料的云母。由上海支边女青年为主和其他省支边青年一起组成了农十师云母加工厂,承担了大部分云母初加工任务,因此,一半以上加工女工患上了矽肺职业病。农十师云母工业,不仅在那个年代为国家节约了上亿的外汇,也发展了农十师的经济,滋养了农十师人民。

我几乎走遍全国各地,像大多数人不太了解兵团,不了解驻扎在额尔齐斯河南岸的农十师人一样,他们也不了解云母为何物。但是,云母作证,兵团农十师人为开发建设额尔齐斯河,云母行业的劲旅默默地贡献出一代人的青春。

额尔齐斯河生命的质地里,注入着奋斗不息活的血液。

历史的河

逐水而市，如今将被国家批准为市的北屯，在其近 50 年发展中，真正意义的标注，是看不见的奋斗奉献精神。有形的城市在那矗立，无形的精神却在一代人的心中。这个在地图上本来没有，新中国后长时间是一个小句号的北屯，是一座凝聚兵团几代人艰苦创业精神、注入血汗生命的丰碑。

北屯可谓额尔齐斯河畔一颗璀璨明珠，她在阿勒泰地区七县二市中，地理位置居于交通要道，物产丰富，可算是阿勒泰地区名副其实的鱼米之乡。她是兵团农十师全体拓荒者一座不断升华的活雕塑，是千里戈壁一座丰碑，也是跨越时空的中国边境屯垦戍边的见证。

仍然忘不了张仲瀚将军这位"北屯之父"。1959 年，就是他为北屯起的地名，都说起名者可称父不为之过，虽然这个地名从 20 世纪 60 年代起，只在地图版本上表现为一个小小的"句号"，但她的丰功伟绩乃 10 万农十师人民的血汗而就，是屯垦戍边于边境地区的一个惊叹号。

人们耳熟能详的是，那年，张仲瀚将军视察了点将台下额尔齐斯河流域后，张师长请张政委为北屯起个地名，使这个新垦区名正言顺。张仲瀚说："兵团向来以屯字见长，以大字取胜，这里在祖国的最北面，就叫北屯吧。"——这成为北屯人相传的佳话。我本不相信成吉思汗点将，但我认为张仲瀚才是真正意义在点将台点将的人物。如今，我们任何人站在平顶山再看北屯时，眼前有了真正的内容，似乎都能体会些点将的心境和大意，虽然北屯还是那么小，就那么一片，但北屯流过自己的汗水，孕育过青春的梦想，所以，那里就是自己一生的圣地。为此，几十年来，10万军垦儿女无论走到哪里，他们都骄傲地告诉人们：我是北屯人。丝毫没有认为生活在小地方、在"天边"一样遥远和落后的地方而难以张口，是什么让北屯的人这样有底气？是奉献的成就感，是精神境界，是爱。

如今的北屯有了一定的规模。额尔齐斯河畔从此不仅只有毡房和牛粪炊烟，不仅只有牛羊和马群，而有了以农牧矿为主体轴心的工业系列，尤其是在北屯的创业及前期的发展中，云母、毛纺、造纸、煤矿、针织、食品、皮革为北屯的发展发挥了巨大作用。如今的北屯，大量的国家财力支持和当地奉献者用血汗，修建出楼群片片，大路条条，成为戈壁草原上的景观。

我们总爱说，为北屯的建设出力流汗，是一种荣幸。

老 渡 口

遥远的回忆,似一股清流,汇入了额尔齐斯河。

儿时的额尔齐斯河气势恢弘,滔滔不绝的宽广河面,深深地留在我幼小的心里。那河,对于一个孩童来说,曾像一匹骏马可赞而不可靠近。

但是,有人敢去河里试水,人就向胆怯远去一步。有河的地方总有跨越,无论以怎样的方式。

20 世纪 60 年代初,北屯一段河流上没有桥,渡口便是一种跨越的方式。如今的额尔齐斯河是否千年流淌劳累了?累得已不像她青春时那样有着丰满乳汁的淌泻。如今干枯的河床是当年撑渡的地方, 既然时代在此次完成意识和现实的大步跨越, 额尔齐斯河也就随流水的减少和桥梁的新跨越,把老渡口送到了我们永远的记忆之中。

如今老渡口已荡然无存。

那时的老渡口,河的两边,是用圆木搭界的渡口码头,我和母亲姐姐乘过那种大渡船。回想其儿时"大"的概念,其实不足 40 平方,是两只船相接,可渡一辆解放牌汽车而已。艄公无声地将自己与粗钢丝绳由直角拉斜成几十度时, 船就随一根粗钢丝绳缓缓启动，我们就完成一次好奇的旅行到了河的对岸。儿时觉得去一次河岸，大约如同今日出差远行。

春秋牧民转场时，羊就能安然般享受渡船。湍急的河水挡不住隔岸的青草，所以，任何天险也阻挡不住人的生存运动。

那大群的马来不及用渡船，它们像下饺子一样，牧民的哨声就是冲锋号，马儿们奋力跳入水中，高昂着马头，直奔对岸，那才叫畅游，是一次真正的洗礼，它们奔向一个新的目标，过了河，就有新的生活，白马红马黑马们纷纷腾跃水中，成为另条横河的激流，蔚为壮观。

于是，当时的老渡口很热闹，如同今日的驿站，人们总是聚在那里完成本次使命和其他使命。

替，然而，我们无所畏惧，那次死里又生，并没有给我留下多少对世界的恐惧，连小河流的小浪花都不如，没有给我留下什么震撼，只是留下了点模糊回忆。回家照例是要挨打的，挨没挨打，如今也忘了。

现在想起此事，我就爱说，现在的孩子是个宝，我们那时是棵草。我们兄弟几个，若论令人惊叹的险情，不知险有过多少！而且确实险得不知可以死过几次，而那时"命贱"像野草，似乎既不浇水，也不施肥，一样郁郁葱葱。虽然，这种见解缺少应有的"理性"，因为，危险毕竟就是危险，但人们在当时没有顾及这一切，这一切也就不存在，况且，时代不同，存在与不存在都是简单而现实的道理。在额尔齐斯河那样的地方，危险是正常的，不危险，似乎就没有我们存在的理由。

儿子要去北京夏令营了,为儿子此行,一家人忙乱了好几天。14岁的儿子随老师一道,有什么不放心的?所谓在"大风大浪"有意识锻炼的想法,已荡然无存,如同今天的孩子没有见过老渡口,一点儿也不能去体验惊险,而让孩子们去参加夏令营,是为了培养他们所谓吃苦耐劳及"自立性"——把一切想得做得周到无比了,送孩子去上火车,看到送站的人比上车的孩子多得多,粗估三五比一,这就是儿子们的当今。

与睡卧铺"夏令营"相比,老渡口下生死一瞬间的故事,是该无踪无影了?

人生老渡口那一课,我看是非常必要的。儿时浑然无知,现在可放置生死来想,会有很多新的启迪。

搏击额尔齐斯河

十六七岁，我们曾在 5 月 1 日那样的清晨跳进因汛情而浑浊的额尔齐斯河。

这是青春的火热和刺骨冰冷的较量。我们几个高中生首次比通常 7 月中下旬下水游泳，提前了两个半月以上。即使在 7、8 月下河游泳，额尔齐斯河的水仍然能以冰凉吓退外乡人，而我们这些初生牛犊一股子火劲加上"二秆子"劲，就那么扑扑腾腾一个个跳下水去。

因已开始汛情，水里已满是黄沙。从阿尔泰深山里流下来的水，还带着冰山雪峰的寒冷，当我们穿着泳裤站在河边湿身试水时，一个个都不禁打着寒颤，但是，十六七岁说定的事九头牛也拉不回。

勇气有时来自逼迫，就是一闭眼往下一跳了之。当全身荡入水中时，才知其那水真冰。我们在水中搏击，向额尔齐斯河挑战，游了几个来回，嘴唇都冻得发乌。

自六七岁下河，十七八岁离开那条河，冰冷的额尔齐斯河水伴着我们的青少年，给了我们一副能忍受寒冷的铁骨。人说，在北屯那种高纬度环境中生活的人，是很容易得关节炎风湿病的,牧民不太下水,得风湿关节炎的人却很多,妇女此类病也较多。一位资深的老医生在做过调查后说,我们是第一批驻扎额尔齐斯河边的男孩,也就是那个年代,游泳风最浓,因而,凡下河游泳的男孩,至今大都少有风湿关节病的麻烦。

20 世纪 80 年代后水位巨减,下河游泳的人少了,也许人们忙了,风湿性疾病和关节炎的发病率明显提高了。

游泳,在那个年代是一种时尚。20 世纪 60 年代末 70 年代初,毛主席他老人家爱游泳,那么,和北京一字之差的北屯,有离北京最远的额尔齐斯河,那里不时就会掀起游泳的高潮。

文革中,红卫兵们要"到大风大浪中去"的意志和决心及勇敢,他们举着毛主席"发展体育运动,增强人民体质"大幅题字,或有别的大活动,都以游泳作为最好形式来渲染,他们学着记录片中人畅游大江的盛景,成群结队在水中流行,打头阵的是扶毛主席巨幅画像的方队,之后是扛着红旗和语录牌的六军,在额尔齐斯河形成了特殊的景观。有时候,还专门选大风浪起的时候下河比泳。

随着毛主席他老人家去世,也就在那个年月,河水也逐年减少了,最终,站在河中能没人的大水,现在可看到河中沙洲袒露,涓涓细流逐年打消了人们的泳兴,随着年代推移,河水不如渠水,连小孩也能挽起裤脚就能过河。

额尔齐斯河游泳景观恐怕一去不复返了,那是一个时代的景观,是一个无法固化的历史。那个时代,我们作为一名受启蒙的少儿,我们的一切紧密联系于额尔齐斯河。为此,那个时代造就了我们这样特殊的一群。现在的孩子,大人们是不肯再放之那水那风那浪中去的,也因那水那浪那风那雨已不复存在,如同我们坐在电脑前犯傻一般,如今的少儿在风浪中是否也会犯傻?历史是流过的河水,未来是以后的历史,无论发生在什么时代或有什么景观,发生,就是事实,而事实符合道理。

我向住在额尔齐斯河水冰冷刺骨水中的那种搏击,那搏击健强了我的体魄,锻炼了我一种敢于迎风斗浪的性格和意志。人生的道路无论怎样风卷浪袭,有我自小的摔打,就会不怕一切艰难险阻。这就是额尔齐斯河给我的信心和力量。

大河,孕育坚强,也可能制造消灭,但大河对坚强的人来说,盛满着钢与火的炼意;大河,也制造懦弱,懦弱者不敢下水,不敢涉及冷寒,懦弱者永远体会不到河的力量。

防 洪 堤

北屯有一大景观，是北屯人民的长城，是北屯的历史遗迹，那便是北屯临河边一道三四千米长的防洪大堤坝。

小时候我们说，北屯有了坝防洪坝，就像一个"D"字了，防洪大堤坝是"D"中那一竖，北屯内绕平顶山那道大湾而建，就形成了一个 D 型，北屯南依平顶山，北超额尔齐斯河，早年的北屯农十师中心，就在"D"中间那一块。

而北屯的防洪堤坝，自是北屯最早最重要的保护神，是1964 年特大洪水的见证。

如今，你仍然能闲步走在高 5 米，底宽 10 米，顶宽 1.5 米，全是土堆起来的防洪大坝上，如果再早些，可以骑上自行车从东向西，或从西向东一览北屯风光，只是这些年"洪兽"远去，防洪堤坝也被处处"腰斩"。

洪水已多年没有光顾，但记忆仍凝固在血汗大堤上。

孩提时代的事，洪水来了，其紧张程度，如今回忆起来，像是战争即将爆发，那时，人们恐慌奔走，忙乱地收拾家当，从大人眼中看出"要出大事"，只是洪水有多厉害，才上小学一年级的我，远不如今天学前班的孩子机灵，只是害怕而已。

到了夜晚,黑色的夜幕笼罩着锅底一般的天空,家中小油灯彻夜不熄,我们穿着衣服睡觉,母亲和姐姐交代过,大概随时准备出逃。夜深了,大人们紧张议论洪情,其他事项话语都无需提及,只有油灯不时地跳一下火苗,至今我仍清晰地记得住那一幕。

可惜我太小,没有能亲自参加奋力抗洪的紧张战斗,没有亲临战天斗地的火热场面,要泻洪水,要大防洪堤,父辈那些军垦战士们才是那大堤的主体呵!

如今,我记得住那些寂静家中的夜晚,我所听不远处,不时传来号子声、吆喝声,可以想象那里,整天整夜沸腾着万人大军,似另一股洪流,化汗为堤,堵截着百年不遇的大洪水。

洪水退却后,才看到额尔齐斯河畔一片狼籍,大树横七竖八在河床,与草藤和水沫绞缠一起。

事后多年,人们还在议论那次大水,由于抗洪及时,北屯保住了,农十师人民用大无畏的献身精神,保住了他们亲手建立不久的北屯,也保住了他们艰苦创业的信念。

我在读一则回忆时才看到,当时汛情危机,从师领导到家属,从地方群众到驻地解放军,以及初中以上的学生全都参加了那次防洪。我上初中的三姐当然参加了抗洪大军,并且和所有北屯人一样,扛走了家中能御洪的东西,包括姐姐拿去抗洪家中重要家具之一抬把子(两根木棍之间用柳条编起来可抬东西的编物,一种运载工具,两人抬用)。

二十多年过去了,此间也有几次洪水,一来水没有那么大,再者双道防洪坝让北屯人民遇洪不惊。

我记得这么一句话,能在坎坷不平路上开车的驾驶员,踏上坦途就格外轻松;抵御过大洪袭击的北屯人,不仅不怕洪水的袭击,更有了一种战胜自然的勇气和精神。有了这种精神,大坝便是人们向一切困难挑战的见证,大堤,是人们战胜任何困难的精神固化的标志。农十师人民在未来的岁月里,克服了多少困难,以他们的青春,为祖国边疆筑起了另一道坚不可摧的"大坝"。

柳 树 菇

你知道柳树菇吗？我把它当作额尔齐斯河原始森林中的一宝。

额尔齐斯河两岸生长着原始的杨柳桦树等，茂密的树林永远留给我们一种美好的原始意味的记忆。

据资料表明，20 世纪 60 年代这里树木覆盖率为 30%，小时候看，那里面密不透风，齐胸以上的杂草可谓"青纱帐"，几人合抱的柳树，比比皆是，完全自然自由长成，或笔直挺拔于蓝天，或弯曲粗矮、疙里疙瘩，奇形怪状。一到树林，便是浓浓厚草气息。

柳树上生长一种嫩黄色的蘑菇一会儿听人说能吃，一会儿听人说不能吃，总之，我吃了不少。

姐姐说，母亲最早进树林打柴时，看到这些长在柳树上的小若拳头、大若脸盆的黄灿灿的蘑菇，正是 1961 年那缺吃少喝的年代，母亲将蘑菇采了回来，水煮后发现软嫩芳香，有的略有发红，像黄萝卜，就试着喂鸡，鸡吃了以后安然无事，之后，便成了我家桌上的常菜。那种蘑菇越嫩越好吃，不仅味鲜，香气扑鼻，入口绵软滑细，应该说是一道难得的美味佳肴。如果与猪肉汇在一起,那就美得妙不可言了,只是,那个年月的猪肉,年内只能吃到几次而已。由于大家不敢吃,蘑菇太多,母亲就用开水烫后晾干,冬天也能吃,干后再煮的柳树蘑菇瓷实,可替代部分粮食。

也许是那年月缺吃才发现这类"新大陆",长大后,才知道许多人不吃它,认定说它有毒,但是,如此美味也诱惑了不少人,于是,听说有人拿去化验过,说就是有点毒。所以,北屯许多人,尤其是城市来的有"墨水"的人就不肯吃,而我却一直喜欢吃。

下乡、当兵好多年没吃到它了,那年,我又萌发想吃柳树蘑菇的兴趣。在6月份,万木争春,树林中鸟语花香时,正是柳树蘑菇出现的时候,我自己到树林中,专找那些老树大树,细心采摘最水嫩的柳树蘑菇。说真的,与猪肉炒在一起,不想吃猪肉,只吃肉中蘑菇,那味自是一绝,不可比拟,难以形容。小的烧汤,鲜过鸡汤,汁浓味美可称绝称奇。说实话,我吃过蘑菇不下几十种了,没有比得上它的。

现在,树林中的树稀草薄了,柳树蘑菇也少了,人们生活标准高了,生命越加贵重,柳树蘑菇似乎发现了人们的冷落,也开始"隐退"树林,而它在饥荒年代却为我家作出了贡献,只有那些有幸还在的老柳树上偶尔生长的柳树菇作证,宏观世界成了一段历史回忆。

后来又听说它就是大名鼎鼎的猴头菇。它给我有两点体会:特别美妙的东西,总有特别的个性,不是人人爱之或能接受的;无言的帮助,你应该有言来谢。

红 果 果

红果果的名字真美,红果果也留给我们更美的回忆。

小时候,"浏阳河哎,弯过了几道弯"的歌声正红,那时我们,也正火着去北屯的几道弯。

那里有一种红果果树,一缕缕红果果就结在上面。金秋时节,比豌豆大,比大豆小的红果果挂满枝头,用力一摇,满天红星般的红果果就噼噼啪啪打落地下,或者,我们就折断树枝,带枝取食红果果。

红果果外形简直就是小苹果,它一撮撮地结得很多。夏青秋红,甜酸面细。吃多了"头发闷",我们哪知是"有微毒性",加上那年月缺吃,水果简直是我们眼中的贡品,所以,这野生红果果成了我们年年金秋的一个向往。

但我们吃红果果,玩得意味大些,而看见大人们成面袋地采摘,拿回家开水一烫后晒干,就成了"很面"的淀粉状干果,有些人家用它在冬天补粮,有的把晒干成粉饼状用来喂猪喂鸡。

若干年后,有一次我约了几个儿时的朋友,专程驱车去"九道弯"采摘红果果。

儿时遥远的"九道弯",如今驱车 10 分钟就到达了;儿时那深不可测的树林,似乎蕴藏着无穷的奥秘,而今树稀景散,一览无余;儿时满坡满坡一望无际的红果果,如今稀稀拉拉挂在孤枝单叶上。内心再丰满,而儿时的情景已凋零无比,真有一种酸楚感言无处寄语。

当然,只是一种儿时玩耍的追忆。那树边的满当当的河汊之水,不知哪年哪月早已断流。干枯的、沙土盛满的河床的情景,使我感到儿时亲临其境的地方,倒像是一个神话故事,是一幅如今人们只有大胆想象才有的绿色画图。

红果果照例是不能吃了,我们最多尝了几枚,时过境迁,人是事非,如此而已,那散落在地上不多的红果果,最终仍然属于小鸟,永远属于它们。属于人的本来最多,最后又那么少! 这是人之大悖论。

不知怎么,看到红果果,我就联想儿时的女孩们。那是多么天真美丽的小伙伴呵! 我们一路结伴,说说笑笑,迈着小脚小腿,步向那无垠的戈壁,走很长很长时间才到"九道弯",用了很长很长时间采红果果和下河汊嬉水,采菱角,然后用很长很长时间才回来,便已天黑,这就是迷迷糊糊的童年。小女孩儿总是我们欺负的对象,或突然喊"有蛇",或猛地故作惊吓……儿时的小女伴总像小姐姐关心着我们。那时,大家在地上画几个方块,便可以跳沙包,那惚惚而然的遥远梦境,给童年留下了一片灿烂的蓝色天空。

有一次在路上突然见了失散多年的儿时玩伴,已是一位大姑娘了。在一阵惊喜相认后,竟听到了童年的乳名,猛然,她仿佛矢口,脸色有许多不该,问候了几句,眼睛里又荡漾起童年的欢乐,但那欢乐瞬间又变了,从纯欢乐——拉开距离——完全等距离——拉开距离……

就这么完成了人生的童年、少年和青春期,猛然相见,格外亲切,而仍是成人之间的"文明的距离"。

同学 30 年相会时,我们都进入了金黄色的秋天,这不敢想象。再看当年的"红果果"们,她们如同熟落地上的干果,是她孩子们的"鸟食"了。这其实就是人生。有句话很消极灰色叫"人生一世,草木一秋",其实,无论你积极还是消极,属于你的就那么多,重要的是,可以想得很多,但不要自责太多,谁都是一个过客,你永远是他人身边滑过的一丝风。

世路茫茫,各奔东西,一个眼神,将可判为永别——即使不是永诀,那也是心与心、人与人永远的永远。我看着稀落凋谢的红果果树,在追忆那遥远的红果果……

文人多愁善感,虽我非文人,却有那种喜好记忆,回顾往事,恋旧惜往的习惯。

而现实更像散落地上的红果果,你去追忆它,它有历史;你忘却了它,它似乎就不存在了,人生如一果,它来了,从孕育、结果、成型、青涩,后来成了成熟漂亮的红果果,然后过季、干瘪、鸟食、入土为泥……这没什么,大千世界,生物动物之法则也。

防空洞

战备紧张,是我儿时的头脑中最多最深的记忆。

在那个年代,毛主席一声令下,"广积粮,不称霸,深挖洞"。

我体会最深的还是"深挖洞"。

额尔齐斯河畔得仁山,是背南面北的秃山,那上面的平顶,据说是成吉思汗的点将台,而为什么叫"平顶山",又叫"得仁山"我们就不得而知了,只是那山坡上,似乎一夜之间,千疮百孔。现在想起来,倘若真有战争,那些小洞管用吗?战争是多么可恶!人们喜欢阳光下的和平,谁不憎恨地洞里的战争阴影?

而当时挖防空洞是一项政治任务。我已是初一学生了,当然在挖洞之列。记得十分清楚,那时,我总是扛一把短把子的长锄上学。得仁山腰部土质很硬,钢筋捅下去,才露个不大的白色印痕。那沙土和豌豆、大豆般大小石子像是混凝土。我们不知用了多长时间,也才挖了一米多深。

那时,我是班干部,用当时四川老师陈明候的话讲,"你是一竿子捅到底的",因为我在班级里是红卫兵班长,在红

27

卫兵排是排长，甚至"官"升到了北屯中学红卫兵副连长——那官可不算小，为此，我是个学习毛主席著作积极分子，又是"干部"，所以，对挖地道显得格外积极。

一般来说，地道要挖下两米，然后，再向左右掘进几米，或挖出个猫儿洞就差不多了。大都是要求高做得少，开始时，风靡一时，竞相比擂，看谁挖得好，像地道战里的地道当然为最好，之后，人们在大量消耗精力与体力后，其实就应付差事了。同学中很多就挖得很浅，极不像样，而我很认真，只要认真，老师就表扬，一表扬，就更认真，似乎真要在敌人打来时用于藏身。甚至过元旦，一家人都支持我去挖几个小时地道，弄得满身灰土才回来吃饭。

北屯最壮观的地道，现已被师物质部门作仓库，而密布北屯地底下那些地道基本上早已封堵无存，因为北屯地处低势，地下水位高，地道是很难挖成的。

随着"和平与发展"的世界主题趋势和世事变迁，地道已没有更大价值，而当年挖地道的人们，目光已不再关注地下，地面上日新月异的时代变革，把历史如同当年的地道一样封存起来。一代人的思维从理性的"地上"向世界望去的时候，"广积粮、深挖洞"已成为历史名词，以供后人去解释了，而地道留给我们的是生存本能的亢奋，留给当今许多庄重的反思，留给我们从地下到地上的认识的飞跃，留下的是从小憎恶战争，希望和平的信念，同时，也留给我们向落后和愚昧挑战的决心，如同当年用最笨拙的锄头挖掘笨拙的思维通道一样，如今，我们用什么来开掘符合今日的"有效地保存自己"新洞天呢？

本能是无可指责的,而感性的地道能否藏身掩体,以求生存和发展,那是理智人的智慧,刺猬遇敌情而藏头于一身刺中,在动物界可以有效地保护自己,而在人面前是否面临更容易捉拿的命运呢? 乌龟有一身硬壳,以为头缩了进去,就能否幸免厄运呢。

呵,防空洞,地道,人们紧张地向生存求索,向敌人进攻作策略的反击呵! 为了生存,是人的首选。人们在任何历史条件下都有相立的生存本能,为了生存,为了发展,人们就简单地上天入地。地道的本身,随着历史的判别而失去其直接作用,而人由最简单的防范达到最直接的发展,则是永恒的主题。

时代在飞速发展,有形地道已暂别现实,而另一种地道还在人类思维的长路上逐寸开掘。甚至,我认为,挖地道是一种特长,人们谁不随时需要地道呢?

在新的生存和发展概念面前,在人欲物欲横撞天地间的今天,寻求脱俗超凡的田园风光,恐怕也是一种新的"防空洞"之事,而理性的把握自己与人与世,恐怕应当是必须的,而又更主动意味的新的开掘吧。

防空洞应该算冷战遗迹,今天的我们应该开掘什么来保护自我呢? 我们不会仍用最感性的办法仅限于防范吧。

北屯的蚊子成把抓

"吐鲁番的葡萄哈密的瓜,北屯的蚊子成把抓。"来过北屯,听说过北屯的人,大都谈"蚊"色变,记得北屯景色美的人多,而记得北屯蚊子的人,可能会更多些。

1984 年,兵团在北屯办了一次文学方面的会议,请到了全国各地的知名文学家,正是蚊子最多的 6 月份。我记得新疆作家郭绍珍对我开玩笑说:"小曾,你们这里的蚊子真正厉害,个个英勇善战。"

北屯依水而驻,林茂草盛,是蚊子的"家园"。1964 年,当时的《文汇报》记者马兰来北屯时,就在上海人民面前绘声绘色写过蚊子的厉害。20 世纪 60 年代初建北屯时,出工须做三件事:头戴防蚊帽,脚穿扎裤靴,身上涂满清凉油。工地上解手,屁股后面得用杂草冒烟,就这样,也难免被无孔不入的蚊子叮个奇痒难忍,抓破不解其恨的红疙瘩。

20 世纪 60 年代人晚不出门,20 世纪 70 年代人们喜欢上街走走,基本上人手一树枝,摇摇打打,一路不停,而人人"自打耳光"成为景观。

随手向空气中迅速抓一把,满把蚊子之说有些夸张,但随手五六只，十只左右都是可能的。

傍晚时分，是蚊子的世界，满天"小直升机"嗡嗡叫个不停。路灯是千军万马蚊子太阳，多得形成了光环。

其实，有蚊子的地方很多，我在上海、广州那样繁华闹市就受过蚊子的袭击，只是我开玩笑说，内地的蚊子见识多，本性决定目的，只是手段不同，本性决定蚊子是要叮人充血的，而内地蚊子是在"于无声处"，令人防不胜防，我们称为"文明叮法"。而北屯的蚊子很猛。作家郭绍珍在北屯"身受其害"后说：北屯的蚊子太勇敢了，不讲战略战术，简直是直截了当，且前赴后继，死而后已。我说，不，北屯的蚊子是"礼貌在先"的，是打着招呼奋勇而来的，它们直截了当，让你明白无误，大有虽死无憾的英勇气概。

蚊害成为公害，从 20 世纪 60 年代起，我们第一次见飞机，便是洒农药的农用飞机。家家户户关门闭窗，飞机在北屯上空盘旋，刺鼻的"六六六"药味弥漫北屯。第二天，果然，热闹的蚊子一夜"花落何处人不知"。但没有多长时间，蚊子又纠集成群，向人们发起更猛的攻势。

人进蚊退。随着人多起来，同时，也随着水少林稀草荒，北屯的蚊子少了，但只是比较，如今北屯的蚊子仍然多于其他地方。灭蚊，成为历届领导为群众办实事的项目之一。

小小蚊子何以斩不尽、杀不绝？天下蚊子为何一个样？小小蚊子不会飞到万里之外去繁殖进化吧？（虽然内地与北屯蚊子"性格"有异）这些问题一直是我儿时萦绕脑际的问号。

小小蚊子嗡嗡叫着，在人睡无知时，若它得手，就能吸吮的肚子满当当的,鲜红的血在人体血管里流淌着,维系着人生存的生命之浆,被小小蚊子转移到自己小小的肚子里,掠夺成了它们维系生存的生命之浆,它们贪婪地吸得自己铮亮鲜红,它身子如此之小,而它食欲如此之大,吸满的肚子比他身子大一倍多,在几乎飞不动的时候,粘在墙上,在那里消受着成果,而此时,它比平时痴呆的多,人可以随手将它捏死,留在手上一摊鲜红的血迹。研究人员说,蚊子饱餐一顿之时,便是它灭亡之日,活不了一天,一次满足,注定了生命的完结,贪欲大之,往往命运短暂。不过,虽然如此,也没见哪只蚊子本性收敛过,由此可见,本性的力量是何其之大。

至于蚊子叮死牛羊,是有传说而未曾见过,但蚊子叮死人的事却发生在文革时期。

北屯那地方算很偏僻了,但人们的斗争却丝毫不因地理偏远的而锐减,相反,我父亲所在的一个团场,在文革中使用武斗可堪登峰造极,这个号称"大军"的组织,真有其"军长"之衔的人,"军长"之职虽然短暂,但是,这个"军"使用的"土飞机"之类刑罚,据被整的人说很是厉害。那个团"死了一个连,伤了一个营"。当时造反派有一种刑罚,就是把人脱了衣裤放到外面捆起来,让蚊子叮咬,第二天,那人便浑身红肿而昏,没两天便死了。可以想象,扑打蚊子的人,突然将其手脚被捆在树上任其叮咬,那人被蚊子咬得惨不忍睹。

人固然要生存,为生存,也存在动物本能,要四处寻找食物,也可能为生存为食物为传种而远走他乡,也可能引起浴血争斗,但是,人毕竟是文明化的人,人们所以奋斗,绝不是为一时的蚊子撑饱而不顾一切,甚至不顾人义道德,不顾天地良心,不顾人道正义,当然,这类人也顾不了信念宗旨,成为被兽化的人性。可见,人性的扭曲,比什么都可怕。还有比蚊子更直接了当的吸群众血的少数人物,会成为比蚊害更可怕的公害。好在那种人少。

额尔齐斯河的小柳

　　我无事时喜欢漫步在额尔齐斯河边，对那一簇簇郁郁葱葱的小柳树格外关注。

　　额尔齐斯河水默默地吟唱，滋养了这一批默默无闻的小柳树,蓝天,雪山,大地给予了她生命,她给大地以绿装,这不是生命的讨价还价,而是对生存的报偿。

　　无数的小柳最叫人赞赏的,是她的顽强,即使洪峰凶猛地吞噬一切,她也没跳出河床;水淹没了她,上身已枯黄,根底还在长；她不要过分地修饰和补养，只是偎依着大地土壤,吸吮着额尔齐斯河的水,就能旺盛地生长着。没有更动人的娇影,实在的,只有那细条的身子;也许,天生她就不该是大树栋梁,用她只能编成抬把和柳筐……对她们来说,有用,已是一生中最大的用场,而这点用场,对她来说,可能已是莫大的快慰和欢畅。有时候,顽皮的孩童,残酷地剥了她的绿衣,含在嘴里吹响,她把这种牺牲作为应当,并没有什么哀伤,不过,含过绿色柳皮的小嘴总是吐不尽苦涩。

　　她虽如此纤细,但她的性格和生命并不懦弱。瘦弱的体内蕴含着生命的力度,她无力站高,却不去把大树缠绕。她的脾性告诉人们：并非攀附高大就因之而高大，绝非生来矮小就因之而卑微；尽管草藤缠着大树临高而拍胸叫响，但小柳却脚落坚实的大地而自豪，她生活着并不需要人们去赞赏，当然也不理会轻浮的贬嘲。

她喜欢独立的生长，用绿色把荒滩点缀。西伯利亚的寒风，没有使她夭折，库尔班通古特的沙浪，没有使她枯亡。俗话道："有心栽花花不开，无心插柳柳成行"，君不见额尔齐斯河畔，青绿摇枝、如浪似涛，春色荡漾……

额尔齐斯河的鱼

想北屯的鱼,是想故乡的原因之一;而想念故乡,也会想到北屯的鱼。

北屯的鱼,令去北屯的人赞叹不已,北屯有鱼而无贵名,因名不贵,而鱼不贵,然而,那鱼却实实存在的好鱼之最。

北屯的鱼是冷水鱼,肉紧密瓷实,肉质细嫩滑软,真可谓一绝。

1992年,我随行农十师副政委华士飞前往南方考察,在那里,我们结识了许多朋友。为了能达到互通信息,加强南北合作,加上当时边贸的启动,南方客人认为很有必要来北屯视察,为此,华政委派我前去广州邀请贵宾。很快,以广东设备成套局局长李汉卿,广东商会秘书长、原广东省经委主任李醉白,原广东省轻工厅副厅长罗先迪和三个总经理等一行7人来到北屯。我向在外学习的华政委汇报此事,他指示我,那么远把别人请来了,要好好接待。

这就该说北屯的鱼了。

我在家中款待了他们。我去广州时,他们请我之丰盛,让我瞠目结舌，我知道，到了北屯，我是要以我的诚意来报偿的，所以，我就用特色来招待他们，而且是我亲手下厨。

我做了七八种拿手鱼菜，自豪地称之为"鱼宴"。

用大鲫鱼做熏鱼，是厂里上海籍车间主任张小妹手艺。清水煮额尔其斯河小白鱼，是我重要的厨房之技，那是一条条十几厘米长，圆圆实实的小白鱼，是北屯的风味，做法简单朴实却风味十足，有文说，清水煮鱼是吃鱼最高境界。我的拿手红烧红鱼，让鱼宴锦上添花，那鱼是额而齐斯河少见的野生鱼种之一，当地人说，谁遇到谁吉利。那天巧逢街上只有一条1.5千克的大红鱼，可惜，已被一个餐馆买走，我就派一名副厂长去硬是磨了下来。当时，别的最好的鱼一千克才卖十几元时，而那条鱼已卖到百十元了。所以，上红鱼时，我讲述了红鱼的"曲折"与来宾的幸运，这对广东客人来说，才是吃鱼之核心所在，于是，家宴气氛推向高潮。额尔齐斯河的野生大鲤鱼是要上的，比别的普通饲养的鲤鱼有不同的是，这鲤鱼肉紧皮厚，味香肉正，是真正的鲤鱼。

当然还有比较常见可谓名贵的是几道北屯家常鱼：红烧黑鱼。这种鱼大到一千克多，已成为绝品，此鱼浑身黑色，无鳞，其肉质最为细嫩滑软，味道奇香，也被称为"最好的鱼"，而当时却十几元钱一千克，还能买上。这条黑鱼让广东商会秘书长、原广东省经委主任李醉白开了吃鱼的先河。原来，他不吃鱼，我并不知道，我也粗心，请他们到家，摆得却是鱼宴——全桌是鱼：刚才说得红烧名贵的红鱼、黑鱼、五道黑、小白鱼，炒北屯著名狗鱼片，油炸小白鱼，炖鲢鱼，清蒸鳊鱼，外加堪称一绝的鲫鱼汤……

　　我尽其所有地把当天能弄上的鱼，都按北屯做法上了桌。李秘书长开始不让我这个主人扫兴，勉强吃了一点"吉利"的红鱼，对他来说，那没什么，接着他吃了黑鱼后，好像胃口大开了，吃得兴高采烈时才说出：这是"最好的鱼"。他吃之不少，不曾想这位高官，又在"吃在广州"工作生活一辈子，那里的海水鱼所见何多，鱼类"明星"他都见过，只是不怎么开鱼忌，而北屯的鱼使他开始了吃鱼的历史。随后，我再去广州时，他还津津乐道说："哎呀，小曾，你们的鱼真好！那黑鱼真好吃，你家里的鱼宴让我记一辈子，我回来后开始吃鱼了，老伴都觉得怪……我们这里的鱼比不上你们那里的……"李秘书长重病去世前，我曾去看过他，他让我带话感谢师领导们，还说，你们那儿经济发展是很有潜力的，你们的鱼很好。

　　对于那些吃遍山珍海味的人来说，唯那次鱼宴引得他们欢快无比，也使我为北屯，为北屯的鱼引为自豪。

　　北屯的鱼有十几种，是淡水鱼，水无污染，鱼生长时间长，所以鱼特别好吃。

　　吃鱼是一种享受，也是一种文化，那鳗鱼、鲈鱼、黄花鱼、黄鱼、武昌鱼……等等，以其名望而贵位常在，可怜北屯的鱼大都无名分，即使真好吃，是否能上大雅之堂呢？名气也是一种文化，为此，大文化战略与经济地理的课题是多么需要人努力开掘呀。

　　鱼文化是人的事情，鱼本身无知。

　　小时候，我们见到过几十千克重的中华名贵鱼，俗名叫青黄鱼，学名叫鲟鳇鱼。可惜，尊贵的广州客人未能一尝，其实,连北屯的人都很少品尝过。那鱼只能是从北冰洋返游产卵时截获,据说在边界那面有封拦的网,过来的极少。因为它名贵,所以,它的面目为今北屯人少见。即使见了为数珍罕的一条两条,也成了贵重礼品。于是,有人知道东北还有这种鱼,就有聪明人把东北的鲟鳇鱼当作北屯的青黄鱼,辗转万里,呈现了北屯……

小时候,有人打了一条十几千克的鲟鳇鱼,其"好"被认为是北屯鱼中之最,无奈参观人太多,那条鱼在那家门口展示了大半天才得以收回。那年代无需论其价值,当然是进了寻常百姓的口中。那鱼肉肥厚,仿佛时刻往外渗油,直径一二十厘米粗的鱼身,竟然只有很小很小的脆骨撑在其内,鱼的嘴长在"下巴"处,这就是北屯人眼里最名贵的"青黄鱼"。

大量的"小白条"则是我们曾经当作口粮的家常鱼。小时候在额河里洗澡,只见上游水色变白,磷光闪闪成片,原来不知谁在上游炸鱼,满河飘的都是它。我和哥哥就在水中拣鱼,拣了一大条盆几十千克。晒干后,冬天蒸着吃,则是另一种风味。

小白鱼呵,我们的鱼!我因工作调动到乌鲁木齐后,一直惦记着那家乡的鱼,那鱼太诱人。吃鱼不也是一种文化吗?是的,吃北屯的鱼,想北屯的事,那是纯然的北屯情结。到乌鲁木齐第二年冬季,我弟弟打电话来说,快过年了,带些羊肉之类的给我,我说,只想吃小白鱼。于是,半面袋干鱼带来了。

有一天,我款待几位朋友,小心翼翼在酒肉后才端出自己的"私货",试着让他们品尝,不料,二三十条蒸的小白鱼被抢一空,他们说风味绝佳,难以形容。其实,那小白鱼从水中打出后,仅撒点盐晒干而已。冬天再蒸出来,骨红渗油,肉紧瓷实,味鲜特别。其中一位在北屯度过儿时的"老三届"朋友,吃着鱼,喝着酒,竟哭出声来,他说,多年没吃它了,20世纪60年代,全家还靠它养活呢,当时都吃腻了,伤了,现在觉得格外香……

有一年,我到南京探望二姐,说起北屯,她尤其想念小白鱼,她感伤地说:可能再也吃不上了……我高中时,在她家度过一年多,她孩子多,家境不是太好,天天吃素为主,论"荤"多是鱼了,而鱼,最多就是最便宜的小白鱼。

现在,在北屯宾馆款待来客,还不忘上点一大盘小白鱼,可惜,基本上见不着大点儿的了,大河里漂满的小白鱼成为永远的回忆……

北屯的鱼和北屯一样,存在,就会体现出自身价值,也许价值很高,也许身价贵名,但是,存在便是自身的实力,实力,是永远的魅力,而更重要的是,北屯的鱼常常是一种回忆和思念。

第二章　情系额尔齐斯河

走近金山

西部新疆阿尔泰山真有一座黄金的山。"阿勒泰"其名源于突厥语,意为金山。金山的淘金历史可追溯宋朝之前。有道是"阿尔泰山七十二条沟,沟沟有黄金。"有人说牧民每天从羊蹄子下都能敲下来几克黄金。牧羊人,也可能捡到金子。20 世纪 80 年代是一个淘金的狂热期,在山顶看沟里淘金,有万头攒动如同俯观蚁穴的错觉。

淘金使有些人成了千万富翁,也有人魂断金山,金山曾出过 382 克成块的"狗头金",还有"骆驼金"掀动人心的传闻。近几年,许多省市电视台播放了纪实片《黄金缉私队》,里面频频出现的主要群众演员中, 是我在公安战线上熟识的朋友和战友。我由衷赞叹他们把故乡的黄金故事推向了一个前所未有的高潮,同时,更让金山蒙上了厚厚的神秘面纱。

即使说阿勒泰的特产绵羊时, 也不忘说黄金:"穿的是纯毛袄,吃的是中草药,喝是矿泉水,走的是金光道"……金山深处原农十师 304 矿山一座几十米长的水泥桥,人称金桥,此桥建于 20 世纪六七十年代,当时无人动念黄金,如今,桥的周围早已大坑小坑被淘了个底朝天,而当年修桥用的正是这河沙,修桥人说,金桥架在了富矿区,估计混凝土中"混"进了一千克黄金不止,因为建桥时,就见无数金色鳞片熠熠闪光……

其实,比西部黄金更贵重的不是黄金。

我几乎走遍祖国名山大川,不是"故乡情结"作怪,就纯景而言,金山之景远比那些名山好,没有哪座山可与金山媲美。问题是,名山名景除了纯景,更重要的是有名,注入了无穷底蕴的文化魅力,如同一位美丽的姑娘会唱会跳更因文化出了名成了明星,美的品级陡然百倍之升,而阿尔泰山是一位美丽绝伦而不会唱歌表演的山间姑娘。我不知道国内像金山这样的原始森林还有几处?还有几处能像金山气势磅礴,大无边,深无底,远无尽!我因兼职云母四矿矿长,曾数次去过金山后山,那里除少数牧民偶有涉足,是一人迹罕至的美不胜收的原始风景区。黄山以奇松怪石著称,金山不仅一点不逊色,可能更胜一筹。黄山,有两三天可基本一览,而金山,十天半月才能光顾一角;金山也许没有奇石猴子观海,但有猩猩望天;金山没有飞来峰,却有无数飞来石等待美名;黄山有妙笔生花的独秀一枝,而金山可能是妙笔的丛林……茂密森林,齐腰旺草,黛绿峡谷,百色山花,潺潺流水,奇洞怪沟,光怪陆离,空气中弥漫着浓浓的松油气息和潮潮的花草叶香。金山深处以其冷寂而对喧嚣的文明,是一幅冷美画卷,待字闺中。至于哈熊沟可能出现的哈熊,以及作为吉祥物的雪豹偶尔露面,都为金山增添了色彩,于今,我没听说过有人横穿阿尔泰山脉。

目前,大自然留给金山的黄金比文化多,这是福气,也是遗憾,所以,金山至今没有真正抖擞起来。

其实,早年成吉思汗征战到此,今天可看到的金山脚下青河境内那座直径百米、高几十米人工用石块堆起的、被称为"阿勒泰金字塔"的大墓,引起人们纷纷猜测。还有,阿尔泰山中数以百万计的古老岩画,等等。坦言之,所有这一切,还没有撑起"不到金山誓不休"的诱人形象。

所以,比黄金更贵重的是文化,更需要开发的是金山的文化,金山翘首以待。

近年来,三百多种名贵独特的中草药和百十种以黄金为代表的蓝宝石、祖母绿、云母等矿被乱采滥开,已让金山离文明近些的地方遭了殃。

好在太远,好在太险,好在太大,好在太深,大片森林犹在,深山里还很少见到的白色垃圾等污染。

金山要敞开胸怀,但拒绝竭泽而渔式非理性开发;金山要开发利用,需要科学技术,需要注入可持续发展的法制及机制,我们欣慰《西部开发法》的出台,它将使金山成为文明的产物,这可能是金山最大的福分。

让金山从基本原始状态飞跃到现代文明吧,包括整个西部大开发……

（2001 年《中国建设》）

走 进 春 天

"东西南北中,发财在广东","发财"是怎样一个字眼?发财,是怎样进入广东人心里的?

前不久,我们一行8人,由华士飞副政委带队,参加了兵团党委在穗举办的厂长研讨班。

广东——充满神秘色彩的土地,它给我们留下了凝重的思索与无尽的感慨。

走马观花窥广东

7月28日,我们乘车从广州前往深圳。一出广州,我想象应当是"喜看稻菽千重浪",然而,映入我眼帘的却是沿路几十千米工厂林立,一个挨一个,即使广州附近的田地上,也都种植的是经济作物和大片花卉。

广东13年改革开放成就斐然,是中国经济的奇迹。1991年工农业总产值突破3900亿,年递增15.8%;农民人均收入是1978年的4.8倍,为1125元;国有企业职工收入增3.5倍。1991年上激财政69.8亿元,是1970年8.17亿的

8.54 倍,银行余额个人部分到今年 4 月为 1400 亿元,个人外币存款为 80 亿港元。

广东省经委一位领导介绍说:"过去我们搞社会主义建设,喊的是马克思主义,行的是唯心主义。广东之所以发展,是实事求是地把党中央的战略步骤同广东实际结合起来,实现了十大战略转移,即从以阶级斗争为纲转移到经济建设;以农业为纲,工业为纲,到从实际出发,能农则农,能工则工,一业为主,多种经营,全面发展;从闭关锁广到对外开放;从一大二公三纯到多种经济成份并存;从产品经济模式到商品经济模式转变;从三铁式的劳动人事制度到现代改革新机制;从既无内债叉无外债的模式到负债经营模式;从科研与生产脱节到与生产相结合;从人事经济到法制经济……"

"观念更新是首要的。"一位教授举例说:"你们新疆在全力以赴齐上阵,银子农业多少个丰收年,广东人说,如果广东粮食自给就发不了财。"这种观点,何以用辩证法来思辨?

那么,广东这些转变,将转向何方?我们仍带着莫大的疑惑。

七嘴八舌议广东

几十年来,钱就是利益,是吃喝玩乐享受的代名词,我们讲奋斗、比贡献,钱是社会主义人眼里的沙子。而广东直言不讳:要赚钱。这是怎么回事?

我们前往珠海考察途经一座桥,要交一次钱,过一段路,要付一次费,起初,我们都烦透了。陪同我们的广东教授说:"这里原来没有桥,有泥泞的乡间小路。这些年,随着经济发展,没有路和桥怎么高速度?于是,珠海三角洲的人民群众集资架桥修路。国家没有钱,群众自己干。留下买路钱,为何有怨言?原来广州到珠海要摆渡,多则走一天半,现在四小时,请问,你们说哪个好?群众收了路和桥的钱,就把桥和路送给国家,好不好?"我们哑然。教授补充说:广东什么钱都赚,但并不赚昧良心钱。

可是,人们都钻到钱眼里,人际关系也铜臭味了,讲利益,讲发财,精神境界不颓废了?

广东人对此一笑。

汽车把我们拉到了广州味精厂。这个厂生产的双桥牌味精,其各项指标超过日本有名的味素。740 名职工,1991年年产值 1. 75 亿元,相当于我师全部工业总产值的 3 倍,工人中收入高的每月千余元,一般在 500 元左右;人均缴税3.05 万元。

"这个企业是怎么管理的?"副厂长介绍说,生产经营各项指标,该升的都升了,该降的都降了,使企业在众多同行业激烈竞争中,独占鳌头。经验呢,就是从严治厂,依法治厂,不是人治。他说:"在我们这里,你上班迟到早退,夜班睡觉就罚款,直至开除。为此,有个别人说'资本家来了',说这不是社会主义。没有社会主义优越性. 什么是优越性?你一次失误就损失社会主义十几万,大家都这样混,把企业弄得亏损,发不了工资,更谈不上各种福利,难道这就是社会主义?你不肯干活,还不让人管,就是主人翁?不干活就是优越性?"

"加强管理是不够的",这位副厂长说,必须强化管理,这不是削弱了工人的地位,国有企业的管理制度没有权威性,可以用优越性和主人翁来讨价还价,有些工人有主人之权,不尽主人义务。几十年靠自觉,亏损就是结果。"

一位教授讲了这样一个故事,一位内地干部问万家乐一名女工(这个三资企业月收入万元),"你说社会主义好?还是资本主义好?"

女工说"如果你说这里是社会主义,那我就说社会主义好。"我想,这位干部想问一个定式,然而得到一个现实,其余味深长。

在广东,我们考察了十几个企业,所到之处,的确看不到什么闲人。企业是没有三五一堆聊天的,办公室里,也没什么人在悠哉谈天。在深圳有名的康佳电子公司,2300多名职工,1991年有10.9亿元销售收入,利润7600万,税1.03亿,这么大一个企业,只有7名文化部人员,要做全厂思想政治工作,而且党组织活动不占上班时间,却搞得有声有色。想想我们这里有些企业机关,楼盖几层,就几层楼满。人人都在忙,忙什么只有天知道,搞形式,晃虚把式——这都不要紧,要紧的是,这些人全要一分不少的工资待遇。

一位厂长忿忿说:在国有企业内外部有一批"社会主义者",他们干涉企业,这不能动,那不能改,企业的一切生产经营工作他们都不管。他们有一个最美的差事,就是专营职工利益。是一个既得人心，又不舍本的社会主义优越性保管员。他们的"库房"里，本来装了不少优越性，但是，企业亏损濒临倒闭，工人没工资收入，看病付不了药费，此时，本来群众信任的"优越性管理员"们囊中羞涩，除了真挚的无可奈何的表情和惘然失措的呆滞外，竟然没有丝毫优越性的奉献。

在广州十几天，把我们的思想搅乱了——不，是把传统的思维模式打乱了。我们固有的许多观点怎么全被广东怀疑？而不是我们在怀疑广东？

不过，我们说，这里穷归穷，落后归落后，但我们是平等的、和谐的，大家心甘情愿。

"平等吗？"广东省体改办一位领导说："落后就不会平等。穷，就会形成差别。"

他说："横向比，广东的社会主义公民比内地的社会主义公民富，这在宏观意义上说平等吗？就在微观看，我们围在一起落后和穷，是不是平等呢？有人工作满 8 小时，有人工作不满 4 小时，二者的待遇却一致，这叫平等吗？ 在私下，我们常听机关和企业人中间，常有人互相之间比舒服，老朋友老同学见面了，非常开诚布公，问你工作怎样，回答多不是贡献云云，而是"舒服"，看谁的工作最轻松，出力最小，出汗最少，拿钱最不少。比较那些不舒服的，并拿钱还不见得多的人来说，平等吗？不平等能和谐吗？ 他深恶痛绝我国社会经济生话中的批条子经济。他说，一些领导和有权的批条，是无价之宝，有价证券，是权力象征。所以批条，是因为好工作好差事好烟好酒很有限，大多数人能得到"平等和谐的批条吗？"干和不干一个样，就不公平，在企业中，是搞倒企业的腐蚀剂，只有懒的，干少拿多者才说这一切是平等的。

我想，许多地方与广东思路不一致，有无法沟通的感觉。因为，我认为我们算的是政治账，广东算的是经济账。

广东一位厂长兼书记说："你算的是什么政治账？马克思主义的政治与经济关系是怎么一回事？无效劳动带来企业低效益。职工低收入，甚至倒欠，久而久之，社会主义优越性少了，群众要算什么帐？你这种政治账的内容是什么？人心平均？安定团结？群众嘴里吃的不好，身上穿的太差，住房标准太低，怎么没被算进你的政治账里去？人类共同标准是跨国界的，人民群众还要和外国比较精神文明和物质文明，没有经济基础的政治账，群众斥为空帐、亏帐，群众不买账，广大党员也不记这个虚账。

邓小平同志说：不要争姓社，这主要看是否有利于发展社会主义生产力，是否有利于提高综合国力，是否有利于提高人民群众的生活水平——这就是最大的政治账，丢了这本账，任何所谓的政治账，不过是他个人的权和账。广东的实践证明，算好了经济账，政治账就更好算，反过来，更能算好经济账，人民群众生活水平高了，涓涓细流成江河，社会主义的大海才会盈满，那样，人人都更加信赖社会主义，信赖共产党。

抿茶咂酒品广东

这些年，广东酒家多了起来，街巷上比比皆是，我们很担心没人去,凉了生意,赔了投资。那些酒家,要么用大块各类型玻璃装饰,以示洋气,要么画龙雕凤,表现古朴,装修考究,气派华丽,里面洁净如洗,家家都是一尘不染,器皿如新。还都是一流服务,大都是二百人左右的座位,每天早晨八九点钟左右,稍去晚点就只好"金鸡独立",且无立足之地. 一般每人花十几元至几十元不等。再看宵夜,夜幕降临,大街小巷,人们习惯把桌椅摆在路边,弄上七盘八菜,品着米酒,谈笑风生到深夜。早茶宵夜是广州人生话中的大事,谁不享受之,就被认为不会挣钱。没本事,寒酸。

这不是讲吃喝吗?讲吃喝是社会主义吗?我们百思不得其解。

一位经理反问我:"讲吃喝有什么不好?"经理说:"这里有三层意思,其一,讲吃喝好;其二,不是讲不讲,而是有没有条件讲;三,光讲吃喝那是喂猪,关键看要改变过去那种。不讲吃喝比贡献,结果是没什么贡献,应当是讲吃喝更看贡献。"

这位经理说讲吃喝是符合马克思主义的, 马克思说:"人们首先需要就是吃喝穿住用,人的需要分几种,按马斯洛层次论,第一层次就包括吃喝,不解决第一层次,就没有高层次。"

"我们通常讲提高人民群众生活水平,是我国社会主义制度优越性的最重要体现",他说:为什么群众吃好喝好,就那么不顺眼?我们党率领千百万人民出生入死,爬雪山过草地,抛头颅,洒热血,正是为了人民吃饱穿暖 ,寻求发展,过上幸福日子。我们号召人民起来革命,也是这样讲的,为什么总怕大家吃了喝了。人具有自然属性和社会属性,自然属性是没有阶级性的,人的自然属性所需要的,不会因不同的阶级而不同,不是剥削阶级的人爱喝美酒,而无产阶级的人就不喜欢用美餐。正是人的自然属性的同一性,才产生了社会的差异,形成了人类的阶级社会。无产阶级与资产阶级都为同一经济目标,只是一个为了人民全体,一个为的是私有者,区别在于私有制唯利是图,是人类文明境界中的低阶层,而无产阶级向资产阶级夺回生产资料,是为的广大人民共同过好日子,是高境界。"

这位经理有些激动:"说这些话的人真的不讲吃喝只讲贡献吗?为什么高谈高论,既骗群众也骗自己?"社会上,人民深恶痛绝的大吃大喝问题是怎么形成的? 每年的公费宴请有多少?让群众不讲吃喝,那是因为吃得东西少了,那些人自己要吃喝。吃喝应是自己挣来的, 有些人大吃大喝是吃人民,喝群众,他们什么时候也没有少吃少喝过。再说,人民群众吃好喝好,才有干劲搞建设,只是这多年来,我们太贫穷,想吃喝而缺少,没有条件罢了。要我说,只要为了社会主义事业的发展,首先就要人民吃好喝好。"

这位经理笑笑说:"吃在广州,一点没错,而真正在这十来年,广东人民吃的好了,改革开放前,广东人吃肉吃鱼难。现在天天都过年,也许,正是这样,广东创造了全国举目的经济新成就。

珠海一家公司的女总工程师得了珠海政府的三等奖,30万元奖金。她招呼我们这些远道而来的客人,这天特别热,她吩咐服务员,给我们每人卖一听饮料——结果,我们每人自己花钱接受了一次特别招待,说她,来访者,从有所求,为求者所需。市委书记梁广大来后还说,"谢谢,打搅了。""观众该转化了",这位60岁的总工说,"我得了30万元奖金,老家无锡就有人来访,似乎应该接待他们,对不起,一不招待,二没时间。我的奖是该拿的,与社会上讲不存在不公,当年我们创业,住的是牛棚。"这个公司起家时借了l50万元,现在已有3.5亿固定资产。

痛定思痛赶广东

问题只好到这里了。十几天过去了,我们看到了广东许多内在的东西,我们得承认自己的差距,我们怎么办?

尽管广东的发展也不平衡,旧的东西依然顽固。1/3的国有企业亏损, 还有6.8‰的人没有解决温饱问题,6.8%的人未脱贫,各方面均有许多问题待解决,但广东大有可学之处。首先,广东省委和人民群众有一个显著特点,那就是说实话,办实事,因而出了实效。学广东思想解放,胆子大,实事求是,上下团结,沿着十一届三中全会指引的道路勇往直前,学习广东不为外界干扰,坚持以经济建设为中心,敢于改革一切不适应社会主义生产力的东西,实现十个转变,学习广东瞄准国际市场,起点高,大力调整产业结构,用理论指导实践,靠群众实施决策,以马克思主义为指导,转换经营机制,重视科技进步,尤其爱护珍重人才,按经济规律办事,用价值规律搞活流通,大力发展商品经济,敢于走出一条符合自己实际情况的社会主义道路……

学习广东，就应当结合我地实际情况，作观念更新的宣传者、实践者。许多传统的模式就应当推向新的形势中去重新认识，比如，我们的大农业观念，资源优势观念，尤其要看到流通领域的"大好河山"，用边贸，促使边疆事业的迅速发展。

无疑，最重要的是实践。

枸 杞 纪 事

那年冬天,我搬到小镇一栋 26 年房龄、至今仍寂寞坐落在盐碱窝中的土块房子,离边额尔齐斯河不足 200 米。

建房前,这里就是我儿时抓水鸭子的杂草丛生的芦苇坑。冬天搬入,院内外一片白雪覆盖,雪中,挺着株株泛着黄白的芦苇,芦苇头上骄傲地飘扬着苇梢,像一面面扎营的旗帜。雪化尽时,却是一片碱白,而芦苇似乎并不顾及新主,仍按自己的生长方式自由地茁壮成长,最高的有两米多,直至窗前屋檐下。芦苇林立,绿影摇曳,遮天蔽日毫无收敛。

人生活在这一片碱白杂草之中,心里也许就泛白和杂乱了许多。这院子别说种花草,就是种些什么比较"贱活"的瓜菜类,也必惨败于盐碱的煎熬之中。我既住之,总不能用芦苇当作绿化吧?

朋友告诉我,种些枸杞子。

朋友是住在我屋后园林所的一位有助理职称的技术员,已知"天命"而不闻不问天下大事,连小镇三两万人的风事雨讯类也十分寡闻,但他懂种菜栽树;懂把儿子拉扯大之类,懂莲花白炒大肉至今仍可列为名菜的论证;懂抓饭还是多放油好吃的基本道理;懂槽头肉便宜的原因。为此,他一家四口一直住 20 世纪 60 年代末盖的土块房子,对其"两室无厅"持基本满意的态度,并称,虽家境一般,但一家四口全让他粗茶淡饭"喂得肥肥的",因此,他始终充满了信心。至于高脂肪与他的大肚皮与科学和长寿方面, 他是知其一二但不顾其八九的,并劝你也别自寻烦恼念那些"扯经"。

"那就栽枸杞?"

"栽。"他说,"枸杞很贱,活得也简单,挖个坑,在河坝防洪堤边挖几株来,栽上。栽时,水还是要浇点的。"

"我小时候缺吃少喝一样长得一大二胖,你看是吧?"他说他就像枸杞能长,贱而旺。

他帮我挖了几株枸杞来,栽上。他说脏水什么的都行,我于心不忍,还是提了几桶净水。

"纯属多余,不必。"他说。

他栽的时候喃喃说,这家伙耐活,没几天就绿了,越长越多,分枝丫成几何级速度。他是上过几何课的。

"种这家伙,当年成活,当年结果,你到秋天就可以用枸杞子泡酒了。"说到酒字,我见他脸上立刻就荡漾着满满的微笑。他属于一提"酒"就满心欢喜的那种人,说到酒,他那越发突出的深深的酒窝里,似乎就荡漾着酒珠。我知道,他是有名的"酒仙"。

由于我身处白色世界的困惑,对枸杞的绿色特别关注。四月底栽下云,一场春雨后,坚硬的枸杞枝丫就开始绽蕾。一天清早起来,见一片钢筋铁骨枝枝丫丫的枸杞树那面,幽幽地展现着无数颗似明似暗的绿色之星, 个个伸着小丫丫头,青绿绿,胖嫩嫩,在微风中摇晃,十分可爱!

我欣喜地看着这一片枸杞的绿意,像当爹为娘的望尽公路尽头,终于看到了小小儿子背着书包颠儿颠儿出现了的那种心情。

一夜间,我家屋后种栽的枸杞竞相吐绿,郁郁葱葱,青雾葱烟,可谓生机盎然了,枸杞进入我家,像无数绿衣使者,改变了那种白色苍凉的环境。

绿意倾心,人事烦多。

过了些日子,朋友又献计,把门口那些碱土挖掉,换上树林河坝边的黑土,现在可随便撒种点什么,明年就能种辣子茄子西红柿之类的蔬菜。

这个建议当然好。换土时我心疼了,因为换土造田,必须要挖掉那些绿色的先行者——枸杞。

朋友说:"那有啥,换了,再换个地方就行。"

"那能行吗?"我怎么能信种大白菜的季节可以移枸杞。

六月的一个中年,朋友就帮我下手了。他一点也不手软,几铁锹下去,把本已绿枝满身的枸杞树断茎断杆地连铲带砍弄了出来,像我亲眼见他打儿子不手软的情景。在围墙外,他挖了些三四十厘米深的坑,把一株株本来长势很好的枸杞无情地"移民了"。他说,"水是要的"。

一大片枸杞林委屈地让出了"黄金地段"。为了大局,为了经济效益,它们都弄到门外"放哨"去了。

"顺墙长,"他说:"长得可以护着整个围墙,牲畜不能靠近,人更难翻墙。"

好一个烈日炎炎的中午。我心痛地看着枸杞树无奈地、埋怨深重地低垂着头,片片小叶无精打采,一些叶子已开始纷纷落下,像一滴滴绿色的泪珠。下午夕阳西下时,我下班回来,第一眼就看到绿叶儿已基本干枯。看不出抗议,也看不出眷恋。枸杞树像得了一场大病,它们有气无力地残喘着,不知道是否看见墙内换了新土、浇了新水的"新贵族们",我感到自己比枸杞还悲哀。

当"新贵们"在新土中顶出许多白嫩嫩的小伞时,墙外的奇迹也出现了——正在我内心无休止地谴责自我时,在我十天左右不敢正视外墙那些喜爱过而又被我遗弃的情结树时,在我无数次诅咒我见利忘义的卑鄙心态时,在痛斥我人情冷漠、行径可恶、为蝇头小利而失真情时,在痛恨我对那些听天由命、不能掌握自己命运的弱者实施残暴时,那一簇簇枸杞,在青黄秃枝间,竟倔犟地踏着七月的脚步来了……

看到这星星点点"重返人间"的绿意,我心里好一阵酸楚和激动,数月里,在绿色之间,竞相绽开出满天星光般的淡紫色小花,使枸杞的生存不仅有了绿,还有了色彩。

我赶紧把这一喜讯告诉了朋友。

朋友正躺在床上打着吊针。圆疙瘩胖脸上,黄色和白色覆盖着原来的黑红。他说,他真的病了,一个挺皮实的人。他说他不是那种小病不断、大病不倒的人,他属于"寻常看不见,偶尔露'病'容"那类。我就说,还是要注意喝酒、吃肥肉、打麻将、熬夜之类。他说:"病和人是伴儿,是伴儿,怎么能甩开?"我告诉他枸杞的奇迹。

朋友"噢"了一声说:"枸杞子嘛,有根有水就行,别无多求。只要活下来,你就省了浇水的钱喽,这次水价又涨了些?"接着,他就蓝天白云和飞鸟类与我谈了一阵,说他老婆种了十几亩大白菜在今年反常的气候下"全日塌了"。

我一直认为朋友活得粗糙,其实,他挺有文化,他实际读了半年大学,他说他也许可以成为栋梁却成了"灌木"、"茄科"!小草小树也是一种生存构成嘛。他常说,人生有限,谁与历史长河相比,都是一短暂过程而已。他到了新疆就不间断地喝过量酒,吃肥肉,但他有自己的哲学。他说他微笑以待眼前烟云,严肃以对油盐酱醋——酒,"酒"字是他特加的,他说他糊里糊涂数这并不糊涂的天数,认认真真过着并不认真的日子……生活嘛,能绿,就绿两片,能果,就结他两颗。他说大多数人是无奈运气的,每一种结果的存在,就是一种尊贵。

我学习三月,值秋回家。远远地就看见房屋后那一簇簇的绿色层叠的枸杞群落已小有规模,尽显其成熟娇姿,在微风中,似乎在招手迎接我的归来。绿色,填平了最难和最易填平的人心。

走近枸杞,我看见了浓密的绿荫间星星点红,像正月十五满街的灯笼,或像外国人圣诞树上的灯饰,满枝满枝的透亮亮地挂在枝刺间,荡漾着秋实的丰满。一颗颗亮晶晶、红扑扑,像晶莹透明的红宝石般的枸杞子儿,笑眯眯地朝着我看。收获,是对播种人的回报,而我是何样的播种啊,它却满实满载地向我不仅馈赠绿色,还捧赠红色果实——大把大把的红玛瑙般的果实啊……

那年,我在那些枸杞树上收获了近两千克枸杞子。新鲜时入汤炖骨，晾干的泡进酒瓶。

我从《辞海》得知：枸杞，茄科。多年生灌木，茎丛生，可入药，其功能补肾、养肝明目。主治目眩昏暗，肾虚腰痛。

枸杞，只要点水，它就能活，到处都是生存之家，到处都是它的奉献，哪怕已残枝败叶于最贫瘠、最苦涩的盐碱地。一旦活了，连水都可以不用浇了。枸杞不为人赞而小花独香，不为人用而红果自成。我感谢枸杞，用它的茂密覆盖着我土房子的南窗，用它的尖刺组成我家天然的屏障。收获了它的绿色，收获了它的紫花淡香，又收获了它的果实。红色的果实走进了我沸腾的热茶和浓烈的酒中，又进而走进了我的骨髓、血液、腰杆，使我红润、健康、精神。我感到枸杞给了我一种崭新的哲学启示。

初冬的11月，杨柳残叶拌和着雪粒满天飘飞时，他树早已绿尽，而挂在枸杞枝上的绿叶虽在寒风中瑟瑟发抖，却迟迟不肯离去。我注意到，那年到了11月20日，零下十几度了，一场八九级西北风才使枸杞勉强地脱净了绿衣，在银色素裹的北国风光里，昂然挺立着铮铮铁骨。枸杞树下，围满了扑腾的小鸟，那里落下的枸杞子儿，又是小精灵的增热祛寒的"补品"。

第二年，我决定再栽种些枸杞，而且上街买了些苗。朋友见了笑着说："不用，枸杞这东西，上下一齐长，根能窜得很，没几年，你房前屋后那些空地全是它。"

写给母亲的碑文

母亲河与母亲是一样要永世赞颂的。

母亲长眠于额尔齐斯河进入北屯的得仁山东侧。她的左侧额尔齐斯河潺潺流水千百年来没有断过，她的生命却永远停止在荒凉的山坡上，成为额尔齐斯河永远的守望人之一，不过，她和几千创业北屯的长眠者一起，每天为北屯军垦人迎接太阳最早的升起。

额尔齐斯河有传，便有母亲的一节，额尔齐斯河是座丰碑，母亲的丰碑也在此中陈列，我写给母亲的碑文，是凿刻在儿子心上的。

十多年前的今天，母亲病到最后了，而就在这种时候，我和大姐没有经验，去前屋应酬来人，等我们慌忙回到母亲身边时，母亲已没有任何动静了……

母亲走了。

一个生命的极静，完全不像母亲一生的勤劳和奋斗，像是一次休息，并且是永远地休息了。

母亲走了一个月，一年，十年……这么多年来，我竟然不知道何以下笔来纪念最熟知的生命。

　　我知道天下的母亲都是这样平常而平凡的，惟有儿女们，才能真正领悟自己母亲的不平凡。

　　属于自己的母亲，往往是特殊的母亲。

　　呵，我的母亲！

　　你和其他的母亲不一样，你是特别的母亲；你一生不知道怎么书写神圣二字，而你用人生写就了生命的神圣；你一生只听说别人的伟大，而你的伟大你却不曾聆听；平凡善良是对所有母亲的颂称，而你的赞歌，最催人泪下的是无比艰辛；所有的母亲都很艰辛，而你的艰辛，全身都是磨难的烙印。

　　一生艰难，对许多人来说是悲境，你却在塑造着坚韧；你艰苦磨难至深，付出了人生最大的牺牲，为此，你的特别是把苦作荣，虽然你也是无可奈何，但你报以众人的是从容，带给儿女的始终是向前走的信心，为的是孩子们面对艰辛有永远的从容。

　　你和所有的母亲一样，该吃该穿的都舍不得，全都留给了儿女们，都说这是母亲的天性。而的你一生，把该吃该穿的，还尽其所能地给了他人、路人和虚情假意用好话哄你、占你小便宜的人，甚至，你还给了有过成见的人……

永远的"补丁"

　　我记得有一作家所述，中国文革时期，我们恶贬的国外人在饮食上十分讲究营养结构时，而中国的儿童，因为得到了一白面馍，举着满村叫窜，其状令人心中凄然。

我在小时候,也演绎过一个白面馍的故事。

有一天,我参加学校组织劳动,安排中午免费在地里吃,学校发一个 200 克大的白面馍馍。在以吃原粮和玉米发糕为主的时期,白面馍无疑也是我们儿时可以手舞足蹈的事情。馍馍发到手后,我在同学们面前只表现性地咬了几口,便掖进口袋,溜走,为的是拿回家,与家人分享。

然而,当我兴冲冲饥饿无比回到家时,"无情现实"击碎了当时我的"信念支柱",我发现窗台上有新鲜的鱼头骨及哥哥还没有抹尽油亮的嘴,还有兴许沾了点光因而兴奋的眼睛发亮的弟弟——我顿时明白了,母亲给兄弟做了鱼!进而思忖,我早晨出门时说好的,中午不回家吃饭……我的泪水一下子漫过了大堤。

母亲傻愣愣望着我的"疯狂"——闹归闹,我心里还是想着家人,把那大半块压扁的馒头朝家中狠狠扔去,流着泪水跑了。

母亲痛苦流泪的眼神和哥哥内疚的模样,成为我心底不可抹去的定格镜头。

若干年后,母亲曾提过此事,她说,你哥哥自小多病体弱,几次差点死掉,不像你稍微皮实些。

往事如烟。30 年前,因营养不良而导致的疾病,夺取了我年仅 18 岁的哥哥的生命。

我一直认为儿时那次"重创",肯定让母亲的心撕开了一道血口,而我一直想用一贴"情感补丁"去弥合那道口子。也许,对于母亲可能无法弥合,而对于我,则成了掂在手上的一贴终生遗憾,那是带有苦味痛感的"补丁"。

做儿子的我,就是母亲心上"永远的补丁"。

母亲的勤劳

回想我的母亲,回想它勤劳的一生,我竟萌发出一部机器的联想。

母亲就像一架机器,而机器是铁做的,有润滑油的作用,我母亲有什么? 只有劳作!

由于家庭极度贫穷,家庭的一部分是靠母亲勤劳维持的。

小时候,我们不懂得母亲是在超负荷劳作。"超负荷"是现代词,在那个岁月,母亲的身体是一架极力拼争的机器,在用劳力维持一个贫穷的家,在用生命换取三个儿子的生长。

我还有三个姐姐。她们成家后,千方百计地照顾家里。其实,仅靠父亲工资和母亲的劳作,还是不行的,很大一部分生活来源于三个姐姐。

三个姐姐讲起母亲的辛劳,都泪水难抑。因为,我的大姐二姐出生在 20 世纪 40 年代初,那时,父亲在外就读,后来被抓了壮丁走了。出身小姐而家境败落的我母亲,是怎样拖着 3 个女儿靠卖小菜为生,就可想而知了。

应该说,母亲的苦是难以言表的。1954 年母亲找到在新疆的父亲后,带着 3 个女儿赶来,过了几天好些的日子。但很快,到 1960 年 3 年自然灾害时,随着外公和表哥从四川逃难来度日子,加上遇到了困难时候,我家就苦不堪言了。

　　我很小的时候，就记得母亲白天种菜，晚上打柴，在额尔齐斯河边的树林中，半夜三更才由三个姐姐接回来。大了些后，知道母亲除了喂猪喂鸡，还要种菜打柴，从天不亮到深夜，母亲何时闲过？

　　母亲受苦的日子太多，而我们在她活着的时候，却不能精心地赡养她；而她一旦去了，我们才觉得整个家庭失去了大梁。

　　在母亲的最后几年，我完全可以多关照她一些，但我做得不够。她是一个生命呀！除了她是母亲，她更是一个人，她也有她的人生，而她的人生内容，全是我们子女，而我们子女的生活世界，父母所占位置有多大呢？

　　做儿子的总是内疚，有孝心而无实际行动，母亲就说："有这个孝心就够了"，而我们的孝心和偷懒往往是并存的。

　　当我是一个濒临倒闭企业的厂长时，母亲正是她患重病时，母亲眼中想看到的是儿子身影，而我做得不好，母亲理解儿子。儿子常常在内心寻找托词。我为此有了终身遗憾。

　　厂里生产快停了，急需到上海购原料，因为是我中国纺织大学老师在帮忙，而当时只有我去才行。因此，在母亲病危时，我离开了她身边，虽然我在上海归心似箭，但毕竟在母亲最后时刻，没有多尽些儿子之孝……

　　其实，大多数人不仅对不住母亲一生的勤劳，对不住母子之爱，而是对不住对母亲的人性之爱。

母亲的哲学

我母亲没上过学。她常说,要是有文化的话,她一定能行。其实,并非夸奖,我母亲虽然没有文化,但她悟事明理且非常精确。

有几件事足以说明我母亲很不一般。

我初当厂长时,为定夺某事举棋不定,身边人也众说不一,我处在两难境地。对此,母亲只说了一句话:"对错都是你的。"

我体会到,母亲旨在说我是一厂之长,凡事不能优柔寡断,患得患失。这倒不是让我盲目自信、孤注一掷,而是要我在两难面前,要有坚定的自信。不管你按自己想的办,还是听别人的,对错的结果,只有你一人承担。

之后,在我8年厂长生涯中,一直把母亲这句话记在胸中。在一生中,面对任何事情,我都记用着母亲的这一"哲学",为此,我受益匪浅。

"人要忠心,火要空心。"这是母亲常对我讲的。她说,虚的可以骗来很多好处,但是,坏事也会找到他;虚假的人说话不扎实;有钱的人,花多少钱也难买心里的扎实。

起初,我对母亲这些"零打碎敲"朴素的话,只当作一般性教育。在我40岁以后,再体会母亲的这些富有哲理的话之精湛,遇事时一想,就觉得顿开茅塞。人生应有的得到与付出,是一种人生愉悦感与伤悲的分水岭。母亲要我对人真诚,不要怕别人不真诚,"别人做别人的,你做你的。"

这样的生活哲学,我母亲很多。母亲的"哲学"很朴实很有道理,同时也很管用。以她的哲学,她能指出我哪些朋友是好朋友,哪些不能交。我工作以后,她曾一针见血地指出见面不多的某人行或不行,以后的事实证明了母亲这一非凡的洞察力,这使我现在都很吃惊,因为,母亲所指,是我经历吃亏后才得以证实的。

有件事我记忆犹新。有一天早晨,时任农十师师长刘行放得知我母亲病危,骑着一辆破旧自行车,问了许多人后,才问到我母亲那里。当时,我正在母亲身边,没想到师长能来探望。

当时我母亲已病得难以言语了。在刘师长问候后,我一字一句记得母亲的原话:"刘师长啊,我只是在电视上见过你,听我儿子经常说起你们,我儿子还不懂事,我不行了,就把儿子交给你们管了。"

记得师长走后,母亲断断续续对我说了两句话,一是刘师长对你这样好,你要记他一辈子,而不只是现在当你领导时;好人要永远记住他,那些不好的人要早尽量忘记他;二是不能因为领导对你好,你就松懈,相反,你要比以前更尽心尽力。

母亲没文化,心里永远明白,语言永远是那么简朴精深。

其实,哲学并不仅在书本上,而在生活中,父母就是生活中最好的哲学家。

感 谢 公 平

我由衷地称颂小平老人的伟大杰作：中国改革开放，我庆幸赶上了这样一个因发展向上而公平的时代，这个时代让国家复兴，也让我这样的青年有机会写出人生绚丽的一页。

改革开放时代最显著特点之一，是打破了原有机制下的旧秩序，把人们推到了同一个新的起跑线上，为此，造就了一个体现公平的黄金机遇期。

我是一个农工的儿子，是一个热血青年，青春理想荡漾着我的人生激情，我好想好干好学，可是，我的愿望每每不能实现，是因为没有一条公平竞争之路，要想实现所想，好像正路总行不通，眼前总有不平之事。那时是文革后期，民间流行一句话："学好数理化，不如一个好爸爸"。那时兴送礼，其标准是"手榴弹"（酒）、"二十响"（烟）。我没有那样的"好爸爸"，我家经济条件不允许我送礼，加之生性耿直的我从不肯低头去求人，一副死不低头的倔强，所以，我心存不平，在糊里糊涂无可奈何中，宛如一叶小舟随波逐流。

但是，我毕竟年轻，在青春时代，有着青年人的憧憬。然而，要想实现人生理想谈何容易，家境贫寒，又随父母到了最西北的阿勒泰地区吉木乃县边境团场，也没有机会参加高考。先是在国境线上当农工，一年后我当了兵。1981年复员后，眼看一些人靠家庭背景、关系路子挤入好单位有了好工作，我却没工作。最明显的是，我在部队是放映员，考有执照，而当地电影院却要了另一个人。我不服去找那里的领导，我终生记得那张无言以对、吃惊、尴尬并带着讥笑的脸。我最后有了工作当厂门卫。听到有人骂我们是"看门狗"时，别提我当时的心情多么沮丧低落。

党的十一届三中全会后，当时爱说的一个形容词叫"拱冰开河"，喻示改革的春天到了，那些年里，社会在大张旗鼓发生着重要变革，原有的格局迅速被改革洪流冲破，大家的精神面貌发生了很大变化，人们很快就汇入了公平竞争快节奏、高效率的改革开放大潮。我正值青年，赶上了这个浪潮。这是一个小平政治旋风带来的大变革时代。

工厂也开始论绩不论人了，用人机制大为改观了，于是，我应运而生，我踏实肯干得到褒奖，又充分发挥了写作特长，很快就脱颖而出。由于我写作上小有成绩，先是厂政委郭荣富提拔我当了党办干事，后来的厂长杨德元和书记许桂珍，认为我工作能力强，表现好，年轻，又是年轻人中为数不多的党员，就送我到上海中国纺织大学上大学，要在过去，像我这样"没路子"、没背景的人是不敢想的。

我人生最重要的，是1985年至1987年在上海的学习，可以讲，是当时的改革热潮和上海的知识环境，给了我一个时代，甚至说，带来了我一生的重要转型，直到现在，我从不后悔没有去同年考入的大专领干班,因为,当时就有人说我"没远见",事后他们还埋怨证明说,领干班是出大干部的地方。我不后悔,且永远庆幸的是,我去了上海这个知识文化的大前沿。在上海两年,我思维模式和性格发生了质的飞跃。原来的我,因为早年家境贫困,从来事不遂愿,自卑拘谨,平时不爱吭声,涩于见人,两年的大学让我读懂了人生道理之一:这个世界有我一份。我成了活跃的人,回来后,朋友说我已判若两人。我认为,是大时代和在上海的学习,使我看懂了社会与人生。我觉得大千世界有一把钥匙已在我手,我自称为"一把钥匙论",认为凡人凡事,只要把握事物的规律性,就会一通百晓,于是,我以"闯创"为座右铭,进入了大学后的工作实践。

变化来自时代,时代选择"弄潮儿"。1988 年,我毕业后的半年,国家企业承包责任制风起云涌,我不甘平庸,反复思量后,决心一试身手。而当时我回来的原单位,是当地最好的企业,工资奖金最高,我又算凤毛麟角的机关干部,别人已很羡慕了,然而,我要另辟蹊径。我认为,我"闯创"信奉来自小平时代敢试敢闯的精髓,我通过竞争机制,承包了一个无人问津、被当地称之为最烂的企业,朋友们大都说我犯了神经。我想他们不太明白"运动与创造"的求变道理,这个世界是有胆有识人的世界。就这样,"又生又嫩"的我,开始干上了一家几百人的企业。虽然此中苦不堪言,市场经济海水的苦涩和凶猛,我是饱尝其味的,但我大为成功。我在任 8 年厂长、党委书记期间,冲破层层阻力,被称为"锐意改革"闯将先锋,在 1990 年当时提"市场经济"这个词还有所顾及时,我创新实施了"厂内市场"、"买断经营"企业管理运行机制。我一心一意工作和卓有成效的出色表现,得到上级领导的支持,也使濒临倒闭的企业得以起死回生并且还得以发展,一位领导高度评价我说:"只要给曾其祥一个独立平台,他就会有不俗的创造。"我的创新成为当地经验,也使我在企业管理上创造出了奇迹,后来,我又兼并了两个企业,成为三个企业的一把手:厂长、矿长、总经理、书记。1994 年 5 月,我获得了自治区"建设开发新疆"奖章,获最佳经营者称号,1995 年 6 月,获国家行业优秀厂矿长称号。

回想这段企业领导生涯,我感到最重要的,是得到了一种公平。一个光明向上的时代,必然使许多人尽其所才,这样的时代,能摈弃家庭、社会、经济甚至于性格缺陷等很多主客观背景因素而诞生奇迹,也使靠看风使舵投机取巧的人得到一定的扼制,处在社会进步发展高潮期,就必然会有一个较为公平的场所。

人是精神动物,需要公平,而公平,是一个社会是前进还是倒退,是向上还是堕落的重要标志。我由衷感谢改革开放的伟大时代,由衷感谢以邓小平为主要核心的中国历史阶段的领导精英们,为中国人民创造的一个公平的时代,也为国家创造出改革开放的奇迹,同时,也给了千千万万像我这样可能一生毫无建树的青年一个崭露头角的机会。

亲 情 至 尊

门开人进，来了三个人：一位白发苍苍的老人，一位四十多岁的妇女和一个花季少女。

她们在我对面那张桌子上坐了下来。按说她们怎么坐下来，说了些什么或没有说些什么，不会引起我太多的注意。

看得出，她们是从边远连队来的，她们像一丝细风擦身而过。只见三碗热气腾腾的卤面摆在了她们面前。她们的眼神亦然同初推门进来的那种，似乎似错非错，眼里的语言告诉周围，她们是偶然的。她们自进门后就一直保持着没有大的声响，连说话也看得出人为地省了又省，简而又减那般，于是，她们吃卤面了。这一切都平常的没法再平常了，她们埋头吃面就是了。

我看见那位老人微微抬起头，左右一瞥，眼神里有些警惕似的，迅速地，将碗里的一两片牛肉夹进了少女碗里。那少女嘴没离碗边，微微抬起眼皮，似乎生气地怪嗔地瞥了一眼老人；接着，仍无声地埋头吃面。瞬间，老人又夹起了一片肉，略有停顿，便利落地放进了那位妇女碗里。那妇女的反

71

应与少女一致。老人没吃两口，又重复了上述那一幕。我知道，卤面，3元钱一碗，五六片牛肉而已。很快，她们吃完面走了。三只空碗冒着的残余热气也很快就消失了。

本来一切平常而平常的一幕，猛然间，我觉得眼前老人，妇女和少女的吃面的情景似曾相见——那种感觉遥远而真实，那若即若离的触点，使劲地在抓挠着我思绪往事的情结，我努力捕捉这纤细而朦胧的回忆线，终于，触发了我十几年前一段往事的回忆。

我和姐陪母亲到乌鲁木齐看病。在一家普通的餐厅，三碗卤面。母亲病重求医，我们一家三人走在街上，肚里空空，头昏眼花。犹豫再三，几经徘徊，最后还是姐姐果断地领我们走进了饭馆。

悄然推门，大有不逊之感。悄然而坐，悄声细语。三碗面，三人悄而食之。母亲蜡黄并渗满汗水的脸叫我们心痛。她左右一瞥，便利落地将片肉像偷来的一样夹进我和姐姐的碗里。

记得那年是五角钱一碗的面，三两下，母亲已无"技"可施了。姐姐和我表现出只有家人最熟悉的那种"气愤"，当然，每每以无可奈何收场。在家里饭桌上，我们这些儿女为此"训斥"母亲，而在外就不便作声了，况且，旁桌刚端上来的红烧鲤鱼，无疑是一种压力。

那年，母亲对我们不容抗拒的爱护，正是她对病无法抗拒之时……

母亲去已久矣！眼前吃面的情景，像一道内心的闪电，击翻了我思绪的五味瓶……

我想到母亲那少吃一口的精神和一生奉献的品德。知母应莫过于儿。我母亲的品德和天下许多母亲一样都是自然而然的,是属天性的。正是母亲一生为子女自然而然地奔波着,也许,正因为少吃少穿了许多,因此,她少享了许多福。

每个生命,都是人之社会存在的具体现象。有的人为了自己多活几岁,甚至从年老体弱的父母手里夺衣,不惜从嗷嗷待哺的生身儿女口中夺食。生存的等式中,或许不是一个。

正因为母亲的人格力量和生命的信念,使她本身被病魔紧缠而又顽强多活几年,正是她的人生境界,使她的生命有着我们无比怀念和她自我的满足与安慰。

人总是要顽强活的,也总是无奈要死的。与那种贪婪地,急躁地,阴暗地,狭私地,无聊地人生心理相比,都处在一个生命的必然过程中,应有何样的人生心理相比,应有何样的人生愉悦的评判?

大概只有这种亲情关系,才有那份让面的自然,那种简单而无比深邃的蕴涵,那种无声的用心传递着人生真趣的丰富所在,是一种生命体升华的美的境界,美的感受,是美丽人生的一个缩影,是充实抚摸的安慰,是宁静人生的心灵酣畅,是贴身夹袄的温暖。这种情无论是返朴还是初有,它都是无价的,令人向往的,是世间永驻的!

那一幕使我热泪盈眶,感触万端,我感到一种责任感袭上心头……

宛若平常一首歌

1989 年 6 月上旬,我在上海虹桥机场与田歌偶然相遇。

那天早上,排队买票办手续的人有好几百,队都排到了大厅外,大家都十分着急,生怕再有什么麻烦登不了机。

闷热难耐, 久等无奈, 我与排队在身后一位穿着灰西装、身材魁梧高大、颇有风度的人随便搭着话。

我不知道他是田歌。

他问我去哪儿,我说回新疆,他"哟"了一声问:

"你是新疆哪里的?"

我说我是兵团的。

他更加关注地问:

"兵团什么单位?"

"我是农十师的。"

他话语顿时亲切地说:

"我原来也是兵团人。"

在他乡听是兵团人,倍感亲切,我们聊了起来。

我问他原来是兵团什么单位的。

他想了想说:

"……我叫田歌。"

"田歌？"

我马上明白遇到了久仰的名人，尤其他创作的那首誉满全球、被称之为东方小夜曲的《草原之夜》，可谓是脍炙人口家喻户晓。

不过，当时我很淡，很想和他保持距离，我一点儿也没有追星族遇到大腕明星那种心情。我敬佩值得敬佩的人，从不盲目，因为，我知道有些名人往往有更多叫人瞧不起的地方。同时，我不想看到名人那种盛气凌人，或自感高你一等而假惺惺做作的谦虚。

我很快注意到，他不仅外表是一位仪表堂堂风度翩翩的人，同时他很和蔼坦诚，就这样，我们的话就多了些。

好不容易排队到了窗口，却没有近期内往乌鲁木齐的飞机票，我在上海已困多日，心急如焚。

他建议我先飞兰州再说。我说，听说兰州也很难买到票。他说到时他再想想办法。

还好，我听从了他的建议，我们上了飞往兰州的飞机。一路上我们很聊得来，天南地北，无所不谈。人说莫问男人钱财女人年龄，我不管，他是将军，处于好奇，记得我还问了他的工资情况，他如数告之，他还说："我很满足。"

飞机也不是直飞兰州的，要在成都停一两个小时，我们因此又多了些接触，一路闲聊，加深了了解和友谊。

到了兰州机场一问才知道，近期内没有飞往乌鲁木齐的飞机，我的心一下就悬空一般，七上八下，难过之极。这时，田歌就不停地安慰我，他说："飞机是肯定没有了，和我先进城再说。"当时接他的人因故没来，于是，我们就坐乘机场大客车赶往兰州城，记得没座位，我们很多人一起，拥挤在驾驶员旁边那个大包周围，凑合了好几个小时，我们互相照顾着，俨然像同行。

那年我 32 岁，而作为文职军级干部的田歌，应该五十岁左右，他当时刚从德国举办的"田歌创作歌曲演唱会"载誉而归。

我们很晚才进了兰州市，他带我住进了他所住的部队招待所。住下的当晚，他说带我去一个有名的地方吃正宗的兰州牛肉面，当时刚兴吃这种面。说实在的，因为我回家心切，没有品出面有多好，吃完饭，他要付钱，我已经抢先付了，他说："那么，明天得我请你。"

他回来后，就不断有人来到他的住所，大都是部队和地方的歌唱家及文艺界人士，说的大都是歌曲及创作方面的事，他一刻不停地给来人讲歌或试唱新歌。来人当中，无论年龄大小，都十分尊重他而又不拘谨，他们谈笑风生，气氛和谐，其乐融融。拉小提琴，是田歌一个特点，这我不知道。我看到他手不离小提琴，却只见弹不见拉，就好奇问他为什么是弹不是拉。他诙谐地说："没人规定小提琴只能拉不能弹吧？"

他无一遗漏地给来人介绍我说：

"这是我新疆兵团的朋友。"

我急得嘴角都起了泡。我当时正是一个百废待兴企业的厂长，企业困难重重，几百工人等米下锅，我是迫不得已才出差到上海购买原料的，还有，我母亲得癌症已到晚期，危在旦夕,母亲是眼巴巴地看着我出门的,当时我最担心的是,怕此次外出会永远失去我的母亲(我回家一星期后,我母亲病故了)。

田歌多方托人帮我买票,但还是没着落。我想只好坐火车回,不料火车票更难买,最后,我打算坐长途车辗转往家赶。

对此,田歌很是着急,他说:"这样吧,用我的工作证给你买火车票吧,我的是军职干部工作证,可能他们会照顾的。"

我说这样不好吧?我之所以这样说,是因为通过和田歌的短暂接触,我觉得他是一个很正直的人,是一个对生活和对事都很认真的人,用他的工作证给我买车票,我不好意思。我是个绞真的人,是个不肯随便受惠连累他人的人。

他说:"是不太好,不过,你的情况特殊嘛。"他说与公与私,这个忙都得帮嘛。至今,他亲切爱护的目光仍让我记忆犹新。

第二天,他穿上军装,叫了辆军车,我们到了兰州市火车站。兰州火车站人山人海,每个售票窗口队如长龙,要想排队买近期内的票实属困难。

他径直走到了军人售票窗口。

不曾想到,他并非一帆风顺。至今我清楚地记得,窗口里是位大眼睛姑娘,她拿着田歌的工作证反复地看,不断用疑惑的眼神打量着递着钱、急迫写在脸上的军级干部。

田歌言词恳切。我大概记得他说:"我是给一个新疆兵团朋友买的,他是一名厂长,他厂的工人和他的母亲在等着他。"好说了一会儿,那人才递出一张难得的软席票,这让我欣喜万分。

其实,我当时只求买张硬座票,哪怕是站票。单位穷,再说,按规定软席票报销不了。而当时,甭说硬座卧铺票了,连站票甚至站台票也买不上。他说:"没办法,只有软席票,我也只能买软席票,想买别的还没有,我给你做次主,回去给他们说,特殊情况嘛。"他风趣地一摊手对我说,"你就说,人家不让我坐也不让站,只准我躺,是坐软席的命嘛。"这也是我第一次坐软席。

有了票,我的心就宽松了些,他就带我去吃饭,要了几个家常菜和啤酒,我要付钱,他不让,他说:"说好的,我来。"他给我开玩笑说,"别看你是厂长,估计我的工资比你高吧?"

第二天临走时,我给了他一张名片。那时正兴互递名片。我还出了个笑话,因为我名片上写的电话联系方式是"直通"。他纳闷地问我什么是直通?和谁直通?我解释说,因为我所在的厂没有直拨电话,当然也就没有电话号码,凡打进打出电话,都是由农十师总机转接的,所以叫直通。他听后哈哈大笑说:"不知道的人还以为你和国务院直通呢。"

我向他要名片,他说:"我没有名片。"他想了想说:"对了,我在德国演唱会上的节目单还有几张。"说着,他从包里翻出一张 16 开大红色作封底的演唱会节目单,封面上印着田歌身着将军制服英武儒雅潇洒的照片,背景是苍松。他说:"这就是我的名片,可以吧?"在封面上他认真地写了"赠予曾其祥同志留念。田歌。1989 年 6 月 14 日"

于是,这张特殊名片成了我的一件宝贝。

第二天,他把我送上了火车,并送到了车厢内,临走握别时,我们都很难过。

他说:"你以后到兰州就来找我,一定。"

同车厢有位女兵问我:"刚才送你的人是谁?好眼熟噢。"我说:"他是田歌。"她听后哇的一声说:"是田歌?!你咋不早说!"

就这样,我和田歌有了3天的相处。

回来后,我才认识到与他相遇并同行其实是很难的。一晃近二十年了,天地人事间仿佛转了一次轮回,可我再也没见过他。早几年,我把他的"名片"一直放在办公桌玻璃板下,一次茶杯倒了,茶水浸渍了这张十分珍贵的节目单,之后,怕再损坏,我就把它小心翼翼专门收藏了起来。近日,我想再看看这张特殊名片时,怎么也找不着,都怪我喜欢存资料,在几十纸箱书籍材料中找一张名片,如同海里捞针!有些事往往是这样的,越是以最认真态度放得太好的东西,就越是找不着。不过,我知道,它千真万确在,并千真万确找不着,就像我与田歌,我一直深信还会见到他,不过一直没见着。

我之所以想念田歌并写他,不是我想沾沾名人之气,并非我对名流高士所涉甚寡,也不是我有追逐名人的嗜好,相反,我阅人也算无数,对这类人和事,自认为看得准,拎得清,还有些冷静和淡漠,我绝不认为黏附高耸就因之伟大。

我挺想念田歌,是我认为他虽然官高名大,却没有一点儿架子,相反,他很平易近人,非常通情达理,实实在在,和

79

蔼可亲,对人真诚富有爱心,且没有丝毫做作,说真的,还有点哥们那种坦诚热情直率。当下大家都在讲和谐社会,什么叫和谐? 人与人只有平等友爱了,才有其和谐的基础,只有社会的公平公正公开化,才会有和谐之说,所以,我常想,真诚无须做作,假惺惺的东西连傻子都骗不过。对此,我还在想,大凡名人和有地位的人,不必那么紧张地在意别人对你的关注和崇敬,因而装腔作势,故弄玄虚,玩弄权术,耍权树威。你越是这样,崇敬就会离你越远,你也会离和谐更远。要承认,有意制造距离是可以制造权威的,但不能制造由衷的崇敬。是的,世事烟云,这些人不要他人心底的东西,只要"现实",然而,这些人因之也永远也不会"大"。其实不错,大凡此类,正是地位与名望还不及,真正的大家,具有超越的大家风范。

我认为田歌的为人为事,就是在微观世界平常生活中构建着和谐社会。车行千里始于足下,九层高台,应是这样磊起来的。

我同时看到,田歌是一个很有事业心的人,他对艺术很执着。人的一生能全真的对待他人和他所热爱的事业,他就是一个真实的好人,同时,他也是一个幸福的人。

去年,在媒体得知他来到了新疆,可我却没有机会去看他,知时他已走,同时,我也不想打扰他,只想祝他身体健康,永葆艺术青春。

我在额尔齐斯河一角

我千百次告诫自己，我在所有的所有面前，我仅在一角。

我在的一角是遥远荒凉的边塞，在额尔齐斯河这条最边远河流的一角,头顶着风声和飞雪,风声比哪里都尖利凶猛,飞雪竟然能覆盖一切杂色那般覆盖了一切;我的双脚踩着原野和沙海,那原野是真正的原野,一望无际的广袤大地,到此光顾的仅是高高盘旋的飞鹰,地下的活物竟是偌大与渺小的特殊。

我是国画边角上的一洼补白,我承认自己的身上缺少光彩。那浓墨重彩都被满目苍白替代。地图上属我在的一角最"清洁",那便是一种错爱?

我时常凝目于眼前的一切,苍天白云属于全世界,而属于我们的如此深远清洁? 远山,蔚蓝静卧,近石,沙与石天际的存在,飞马和野兽都少,林木草花珍稀,而人的存在竟然是无处不在!

看碧绿苍穹,寓意无尽,地球尚小,况我人乎?

为此,我活在额尔齐斯河一角,并不哀叹自我的渺小;

81

我有我的存在,我与巍峨边山与戈壁卵石一样,同是一种存在。而我的存在在于我的思索,思索把一切尽括,哪怕拥有一部豪华轿车,一栋别墅,一个部落,一个国家,而没有思索的天空一般的深远,便永远是渺小无比的存在。

我的存在不在于建构一种旖旎和辉煌,也不去建筑那戈壁的海市蜃楼,我能干什么就干点什么,因为,我的思索告诉我一种简单的哲学。

我甚至有些藐视那些随季节迁飞的大雁,向往温暖和生存并没有错,只是那样的长途迁移似乎只是一种流动的风采,而为生存的飞翔,并不是真正的飞翔。

大雁毕竟是动物一种,那是本能的。如同本能地,经常的意会在驱动着我们自己。

我们是人,一种向往与脚踏实地的并存。因为,一种精神,一种信念,一种生存,我们在哪里都一样充实自在。

感谢我们拥有更广阔的蓝天,及纯白的云朵,感谢我生长在一条著名的大河边,于是,我们的心便有一样广阔的蓝色和云的白色……

人在一角,你会感到你是世界的,而世界不是你的。

额尔齐斯河的红裙子

额尔齐斯河流域是一片具有原始意味的风光净地，身临这边远粗犷的林间水旁，仿佛置身于欧洲十八世纪田园风光画中，那些高矮错落有致、粗细分布随意、曲直各异、造型优美独特、完全是自然长成的多种杨柳树，随一里十八湾的河水，随意点缀，枝茂叶绿，风景十分迷人。

如此风景，但我水平有限，没有一张满意的图片。入秋的一天，我独自挎着相机，从额尔齐斯河中部北屯步入河边林中。

入秋更添景。高大的树梢上，别有意境地像是人为地镀上了一层金黄和橘红色，像美丽的哈萨克族少女披着一块火一样鲜艳的红头巾。齐腰深的草丛中，偶有白色毡房坐落其间，祖祖辈辈居住在这里的哈族牧民已挥动着十几斤重的大钐镰打着秋草，毡房前系着肥大的黑花奶牛，拴着忠于职守、竖耳昂头的猎狗。穿着讲究的花衣裙的哈萨克族妇女跪围土灶旁，精心的用牛粪煨着铜壶，小河流水，草酥叶青，奶茶飘香，一片宁静安逸的景象。

在林中水旁穿梭，不知不觉离出发点已远，日已偏西，才发现已难寻回路。原来，随便一脚跨过了水沟，便误入了无穷无尽神奇般串联起来的河中之岛。这里河中有岛，岛中有流，浅处齐趾，深处不测，我只顾贪景恋水，适才随意踏上岛间倒树，便一去难归也。前去必无止境，后退怕不及落日之速，只闻悄声鸟语和隐约在林中轻轻悠荡的沉闷的牛哞，不见炊烟人影，林木四周，三面环水，我这才着了急。

正在这时，几十米河对岸的树林中，涌来一团火红，定睛看时，却是一位穿着鲜红裙子的哈萨克族少女，牵着一匹枣红马来到河边，我向她奋力呼喊，她止住了脚步，向我这面张望着。我急切地用手势表达着，意在请她去叫个人来帮忙，但见她却站着一动不动。

见日高不过二尺，林中渐暗，我急中添慌。

此时，见红裙子一跃上了马背，竟一蹬一摇骑马下水，直奔我而来。

先是见红裙子骑马慢踏水中，步步临深，猛然，马头一昂，红裙子搂住马脖，便在水中沉浮升降而来，在墨色林中和褐色水面，组成了一幅令人惊叹画面。

我的双手握得紧紧的，惊慌加上担心，真后悔不该向她示意。要知道，9月的额尔齐斯河水是冰冷刺骨的，正因为此，我才不敢下深水过河。

好在一会就踏浅上岸了，这才看清红裙子最多十三四岁，杏仁般亮晶晶的眼睛，上身套着闪闪发光的装饰片镶嵌的坎肩，一个小而极标志的鹅蛋形脸上，嘴角始终含着怯生生的笑意。

我说："你不该来，该去找大人。"

她怯生生地看着我。

我说:"你回去吧。谢谢你。"

她还是那样看着我。原来,她不懂汉语,我也不会哈语。

她把马缰递给我,拍拍马背,指着河面。我懂了,她让我像她那样骑马过河。我可犯难了,望着那精神抖擞的高头大马不敢靠近,再看那河中心的流水那么急促,更望而生畏。她大概看到了我的难处,看看河水,看看我,又看看马,她想了一会,便让我站在一个木桩上,然后,她一跃上了马背,横马到了我跟前。

她仍是那样怯生生的,嘴角含着轻微微的一丝微笑,用小手拍拍她身后的马背,示意我骑上去。

我理解她的意思,可我担心这河水和枣红马的承受能力。我直摇头。红裙子有点着急向我直点头,像是请求我似的。我真有些犹豫。

枣红马打了个很结实的喷嚏,蹄子使劲刨了一下草地。枣红马那两只黑而大的眼睛看着我,我很想从那眼睛里读懂勇气和信任的力量,但那双眼睛里自始至终似乎并没有更深奥的语言,只有从容和善良。于是,我顾不了那么多了,爬上了马背。

红裙子小心翼翼从我脖子上取下相机挂在她脖子上,然后,拉过我的手,搂着她那纤细的腰。随着红裙子双腿一夹,便开始步步涉水临深了。

我紧张的不敢喘大气,随着马的行进,只觉身下咯噔一下,马头一扬,已离地悬水了。

红裙子和我及那匹枣红马立刻好像一叶小舟被推进浪

澜起伏海洋似的,这是我经历中非常奇特的一次。心随着马蹄噔噔声而跳跃摇着,随马奋力拼游而屏住了呼吸。我似乎把生命交给了这匹马和那不知深底的河水,只有在这时,我一向自我感觉良好的全部内在力和自信,在"真格儿"的现实面前,变成怯弱和无能以及恍惚,心和神仿佛进入了一个神奇境地,仿佛世界全都在飘渺云荡之中,而这一切,感觉的最真实的落脚点,是已没腰的冷水和忽高忽低的升浮。

枣红马咬着牙一般,嘴里急促得喘着,义无反顾那样坚定地昂着头,像一名冲锋陷阵视死如归的战士,偏着的马头和那黑洞洞的眼睛还是那样从容,此时此刻,枣红马的眼睛使我感到异常亲切可爱,那双眼睛里有的是善良朴实和牺牲的共同内涵,怎么突然感到那眼神像我忠厚母亲的眼睛?我想,即使牺牲,枣红马的眼神也不会变的。

对我来讲,真有些惊心动魄,好在悬水只有十米左右,一会就感到已蹄落实地,我的心才落了地,尽管我下半身已湿透,但我感到格外轻松。

上岸爬大坡,豁然亮了许多,坡上不远是有车辆往来的北布公路(北屯——布尔津)。红裙子取下相机给我,我示意给她拍照,她含着羞涩的眼神闪出光来,还是怯生生的微笑。我知道,哈萨克族姑娘是最爱照相的,可惜我一路贪景,胶卷里只剩下三张了,于是,我给红裙子精心地只照了三张。

红裙子要走了,还有那匹高大的枣红马。我说了好几句感谢的话,她听不懂。我取出伴随我多年的永生金笔递给她,我想,她一定在上学,用得着,她不要,我硬塞到了她手上。

一声嘶鸣,红裙子骑上马离去了,消失在墨绿色的丛林之中。

好景好不过人景。我对这次在额尔齐斯河的拍摄比较满意,然而最满意的还是最后那三张,要从艺术角度讲,这三张由于光线和背景的限制并非上乘,但我尤其喜爱,照片上的红裙子扶着枣红马,笑得灿烂可爱,背景的阿尔泰远山,上白下绿的山峰隐约模糊,九曲回肠的额尔齐斯河水似银蛇若隐若现,我却深为一颗纯洁善良的少女之心在跳荡。

我想,如果这幅照片能登在《民族画报》上就好了,或许,她能看到。

可惜,我不知道她的名字,住哪个毡房。

走 出 混 沌

　　我一直想找个切入点,能够较准确地描绘一种情景,那便是一个人在意识和非意识状态下,半思维半行为且有一种本能的奔涌;似有非有的支配力和似清非清的是路非路,且主体人有口无语,有语无声……只是动与不动间的一种真实感触……

　　我想,这就是混沌?

　　何谓混沌?

　　《淮南子·精神训》中描述:"古来有天地时,帷象无形,窈窈冥冥;甚至漠闵,鸿蒙鸿洞,莫知其门。"中国神话故事将这种状态演化成人格神。《庄子》记载故事说:南海的天帝叫倏,北海的天地叫忽,中央的大帝叫混沌。倏和忽常到混沌那里去玩,混沌招待他们非常殷勤周到。倏和忽心里很过意不去,就想报答混沌。他们说,人都有七窍,用来听呀看呀呼吸等,可混沌老兄却没有七窍,咱们就帮他凿开七窍吧!于是,倏和忽用斧子凿子等工具每天为混沌开一窍,整整凿了七天七夜,终于凿开了七窍。混沌也变得好看多了。可混沌却不领这份情,睁开眼睛,看了一下这个世界,就呜呼哀哉了。

混沌不愿开窍,宁可永处于茫茫朦胧之中,大概是与人的世界有怨结?瑶族民间传说,宇宙本混混沌沌,没有任何东西。此说有些凄然怀念?世上没有任何东西之说,定是主观惟心的心境。至于有好无好?哲学与宗教斗争了很多年。总之,混沌是人们在不混沌时感悟到的,而真正的混沌则无法表述。

糊涂大概要算混沌的一个小分支。混沌的宇宙大致就是人的主观意识中糊涂不清的世界。从生物学宇宙学去解释,似乎碍于作者水平而称其道难,作者只是直观地感到混沌是可怕的,间或与可憎可爱之间。

糊涂透顶,不与世纷争,倒落得清白,自得"采菊东篱下,悠然进南山"的田园风光,虽然有自然朴素、明朗恬静之"静",而陶渊明却似包含些"久在樊笼里"之牢骚之嫌,是不得已而"复得返自然"?如此也算可爱。

千古称是,糊涂透顶,至于一个没有理性的人世间,一个没有文明的人类,一个没有法制社会的秩序,一个没有是非曲直、香臭善恶、称为"四六不通"的人,一个没有逻辑、没有秩序、无视方圆而浑浑噩噩的生存群体,一个只有吃喝睡生,混生沌灭,没有举度的精神人……是糊涂人的糊涂生存。

一种本能的存活区别于动物与人类之根本,在于人类不能混沌,也不可能混沌,尤其是作为人群和群人,人的美学品级中,高的愉悦感不是简单的饥饿饮求欲,而是一种明朗的文明。虽然文明的序曲是人欲的最高形式的争斗,是愤怒是呐喊,是血与火,是硝烟枪械,是悲伤痛苦……但毕竟人是不可能躲避知觉的,而一切七情六欲的人类境界之升华,是一种非混沌的感觉感受感知感触。

混沌不开窍则罢,可怕的是开过窍。如果说恐惧与厌恶世界的纷争倒也是一种"悟",如果说懒得不用眼睛耳朵及口舌——还称之为一种"实际"完美的存活哲学,恐怕不仅不能生存,倒注定是一种悲剧。

人类形成社会,便注定了文明的艰难进程。本能的、狭私的、争斗与高境界的奋斗、战斗,都有着一种不避现实的特点,如果现代人处在那种窈窈冥冥、黑糊糊、灰蒙蒙的简单生存状态,没有现代人的多重文明,没有生命的绚丽色彩,以及连同那些悲壮,灿烂的历史文化和光明与未来的追求,没有人的幸运、爱情、愁绪、悲伤等七情六欲的存在与超越,人,不就是动物一般吗?

其实,人类的进化与文明、战争与和平,在生与死需与求的过程中,自有它不可逆转的轨迹,这使任何智者都显得无能为力。

民俗说,似乎"上帝"只打算造百分之五以内的圣人君子,其他皆为俗物。人追求文明而挣脱不了本欲,历史总打算验明鱼与熊掌等于一个常数,进而等于每一个人和每一种文化与历史。人无论围火坐地而憩还是在宇宙飞船里补充着养分,都像太阳系里所有星星围绕太阳一般,自然人的大多数,是围绕着本欲的。人是自然人,具有双重性,而某种哲学上的人的社会属性,怎么也"说服"不了现实人的自然属性。许多人的智力颇属上乘,而谁也不能定义就此可超脱金钱与物欲的本能。物质的永远有限性的人欲和无限性，是一对真正的矛盾，把百分之九十五以上的人紧紧拴在欲栏上挣扎。

而人一旦陷入另一种不能自拔的境地，在文明的意咮上便是另一种混沌，是文明的混沌。人一旦陷入这种"高级"的混沌，便是一个"高级的悲哀"。但是，这种悲哀只是一种论断而不是现实。现实是，许多人凿开了眼耳鼻舌身的"七窍"，便简单地、不知不觉地、稀里糊涂地、一如既往地、津津乐道地、真真实实地、九百头牛也拉不回来地——用人欲和物欲又填上了"七窍"。这不为怪，因为存在决定意识，意识支配现实行为。

为此，他们为此奔波的一切都是在不断地填充那凿开的本属文明的"窍洞"。有的人为此而不顾一切，不顾人格，不顾亲情，不顾所有的所有而千方百计取获"所有"。他们陷入了距离真正高级文明前的沼泽地段，是"明白着"的糊涂，是"清醒者"的混沌。而他们的得到便是另一种混沌。他们的一切由人之本初全方位辐射而去，而以归人之本初为终，是一个最简单的"闭合"行程。

但是，人类的进步像抛弃原古的混沌一样，势必抛弃新的混沌。人类懂得向文明精神峰巅艰辛地攀登，从而拔节人类的思维。人类最高的境界是超越。

心静自然凉

那年从上海上完学回到北屯,已是三十而立时。那天,我独自坐在额尔齐斯河畔北屯处仁山顶,野风轻过,北望蓝天白云下悠然阿尔泰山脉,近看秋色装扮的弯曲的额尔齐斯河静淌向西,好一个凉快,只见北屯城里车水马龙,人行如涌,独不听其声,好一阵安静。

我想起上海的盛夏,想起了公共汽车内是没有凉可言的。人们坚强而无可奈何地奋力拼争于嘈杂、训斥、埋怨、叹息的叽里哇啦蒸笼般车厢里,可谓热上加热,此时,比我们大不了三两岁的女老师对我说:"心静自然凉"。

老师是学哲学教哲学并喜欢用哲学的人。平时,我们都很崇拜她,不过,这时的"凉"哲学,起初我认为只作一种境界罢。

又一次,我独自像木楔般"嵌"在公共汽车内,人与人空前"亲近",闷热难喘。我试着体会如何静,人也"随波逐流",任周围推搡挤拉扯,任每一挤一离那些难以忍耐贴身的滚烫,我在静静地调节自己,因为太挤,人人都像是一个罐头里挤变形的鱼。我干脆"两腿无力"—— 为不费其劲。若是在空旷广场如此独立的状，那是必倒无疑，别人会把你当耍猴的，好在"前呼后拥"的人们如此照应着。一会儿，我发现老师出言的不同寻常，感到自己绝对没有周围那样的热气腾腾，没有他们张着大口大叫大喘的那般燥热，相反，我倒像是与热有些绝缘似的静观近观。我发现，静致凉，凉乃静。

我由此体会到，许多热并非都是"外力热"或叫"客观热"，而热者往往来自心热，心热导致情躁气急，进而，促发心急而产生更多热的释放，这热，看似沸及身表，却也来因于内心深处。而心动缘于思动，人的心和体人为或被动过速运动，使浑身热上添热，由热及热，则热之无比。

此时，你若"被动"，便获得相比之下大为"逊色"的热度热感那种平静，倘若能近乎"麻木"，你便能清凉更多。

热，是当然的客观现象，只你非此热度而已，因为，你周围的人们，是心与身双重致热传热自热，而你只有一种外在身热——我悟出些老师的哲学及运用功能的深奥。

看来，哲学的伟大并不仅仅在于高处不胜寒的思维境界，哲学本来的一大特性是具有实用性的。

有一句话叫"发热，有时是腐烂的开始"。

热，并不是不好，人们需要热，人类需要热，需要热气腾腾的佳景盛世，人类的发展是以热为标志的，没有对生活，对世界、对未来一定的热，便不可能有社会的日新月异、突飞猛进的发展，只有热，才导致文明和对真善美的渴望，求，就是一种热烈，热是人生绚丽的光环，是生命的光彩，为此，热爱、热情、热烈是人的本能。

而另一种热，是过热，是痴迷与疯狂，是在人欲物欲的烈火中奔腾于极端。

人在今日,已经不太可能都去一个"野渡无人舟自横"的世外桃源中,不太可能把世界的喧嚣和纷乱摆在脑后而唯望一轮净月静照,独听林深水凝间鸟啼蛙鸣,任峡风随意摩挲,随石松似伴非伴,心如冷岩遇凉,身如山泉小溪随波轻淌;人们不太可能不挤上那热如笼的车奔去目的地,人在车上,难能不热,试图减轻炎世浮累,那只是一种崇尚。

刘芳在《拙翁庸言》里写道:"热闹场中,人向前,我向后……安乐甚多"此说,恐怕于今于大多人数人来讲,只作幻觉罢。有位名人说,"热闹场不一定就是名利场,但名利场一定是热闹场"。我们尽知的乾隆南巡至金山寺时,俯视长江,千帆竞发,甚是热闹,便问长老:"江上,有多少只船?"长老回答:"只有两艘;一艘为名,一艘为利。"名利场与是非场相关相连。于武陵《东门路》云:"东门车马路,此略有浮沉,白日若不落,红尘应更深,从来名利地,皆起是非心……"人乃欲之物,心永远大于物,于是,是非争斗,尔虞我诈,勾心斗角,直至干戈相见,云暗天低,可谓热闹之。

热闹场中人,心便难自凉,也就谈不上不热。人至热之极端,要么云横人中,要么丑态百出;欲多而心窄,人热而情淡……

人在生活的过程中,能否保持"自然凉"的心境呢?这个"凉"字并非远离世事,关键在于人在热中,善于自凉。热度有量。事物在发展活动中,运动过程必热:产生磨擦热,这就需要人们在个人生活哲学中,既要有一种符合大哲学的理,也要有自己的处事之道一次相处;著名作家赵光鸣一次对我说:"热情,带要节制"。

现在人的热度是高的,一些人于热而不顾一切,热出可喜可贺可悲可泣的人生剧幕。

人类直接的,表及的,感性的,直观的需求之"热",是人的需求作为根本牵引力,岂能不允许热?只是个人在此期间,是否能做到自然凉,淡泊名利,以奉献为乐,或许能稍避是非,无论感悟与否,热凉与否,人总是一生有度,造就因果的。

有人所悟:"人们趋之若鹜的名利场,热闹是很热闹,但最终会挤出一点悲剧来。"当然,都说还是超脱一点的好,人不可能不去所得,而只是所得多与少,多则易产生热,少则凉些,要生命之树常青,且看高山冷松的寂静,冷清以对赤热,趋于平和衡度,最能保持做人至真至纯的本性。秉性淡泊以丰富其自我的精神乐园,反之,一个生性世俗的人,随着时时在热烈之中,就注定了短暂。

大多数人不可能、不切实际逃离所谓喧嚣,而进入如仙之境,但大多数人也不可能都在如火如荼的狂热峰巅。只是,人在相互拥挤的车内,不出汗不可能,少出汗却也有可能,随时保持心静,人就会自然凉一些。

在当今热潮中,我们需要热烈的千帆竞发的热闹壮景,因为那样符合生产力发展的要求,同时,也需要一种冷静心态,以清静待面前的物欲横流,保持良好的自我。

以我三十而立所想,我该何去何从?

停电的时候

儿时在额尔齐斯河畔北屯，经常遭遇停电，在我们眼里好大的工程，其实只是一座小型水电站，可能还是全中国最小的那种，难怪总是停电。只要停电，不能玩耍或写作业了，我们就埋怨个没完没了。

现在停电了，窗外楼下一片漆黑，隐约传来的关乎停电的埋怨。一片漆黑时，我的心里亮了起来，特别活跃起来。

我开始怀念停电，不是因黑而想干什么，我只是个习惯于夜里思考，而不习惯摸黑做事。

我活跃的原因，是我与所有没电的人都将有一个难得极其沉寂的时刻，我突然发现，这个时刻便是值得活跃，值得庆贺。因为停电的时候不多，而属于有电，便一片繁忙——且人的心与手机器般繁忙，人与人摩擦起电。电带来人的"忙不过来"。在停电的一刻，如同轰鸣的机器顿然消声沉寂，不平静的心情带来平衡的跳动，开始有了些节奏的美感，是无可奈何，不得不平静的平静。

多好！一切都沉寂了，而心也时乎也要停顿下来。

停电了，你想干什么都得让步于漆黑无奈的现实，如同车在笔直宽广的高等级路上,没油了;如同你正热线打着手机,没电了……安静、寂静,把生命的视觉突然按自己的生命里程拉长,停顿了自己与别人以及别人对自己——那些遥远的责任与命运及承载和许诺等。

走过的路是实的,而往前奔恐怕是虚的;没灯是实的,有灯便可能是虚的或虚无缥缈的;没灯,让下一个浮躁与冲动与许诺有了暂停,这才发现许多灯亮的时候是多余的,甚至是明着耗费生命。国外有人在进行一项活动,竟是人们有意识停电一段时间,以唤起人们环保节能。其实,心也该停电一会儿,以完构生命的多种体验。

停电,似乎宣告文明的暂停。喧嚣的夜晚没有电,可以想象,这个地球该怎么转?电视成了"黑匣子",冰箱开始解冻,想看书听音乐或打牌搓麻将或做点儿针线整理笔记等等,这些属于文明的事儿,全部停止了,世界突然赠你一刻原始,一刻自我。

你束手无策,面对茫然的黑,你发现自己此刻于自然人。熄灯使人感到瞬间有了自然力,有了自然的生命感觉,而不是社会机器,走出了那种远离自己的生存误区。

你也许就此面对黑夜,面对无奈,面对无所事事,面对一切空旷,面对焦急,面对等待(等电),面对无能为力……这时,你就发现:没电真好! 什么也干不成,想也没用——真好! 没有蜡烛,更没有油灯,有也没用,它们也打不开电脑(那么神气伟大能耐的电脑里没"油灯"此类的组词),让心和手像停电一般停下来真好。也就是说,心停不了,手被迫停下来——也好。无奈真好。你突然发现自己还是自己,夜幕中沉重的喘息和心脏有节奏的跳动以及四周的寂静，衬托出你是世界的主题，你是生活的主角，你是思维的主体，你是你这架机器的开关……

黑幕中，你看不见所有却看见了自己，看不见自己的假面孔以及挂在衣架旁的(可能见人用的)面具，而看见或认真静下来看见了自己的心。自己从远处回归，如同一望无际的大草原尽头，你是一匹马，从那面向自己奔来……你跨上属于自我的骏马，在自己最博大的心灵、最宽阔绿色大草原狂奔，你不用担心脚下有伴羁，前面的平坦中没有暗沟，你吸着草原沉沉的绿色空气，你的血液在周身沸腾，你想象自己驭着自己，属于天马行空……因为属于自己，你的脸不紧不松，富有弹性、轻松，有着生气。

眼前一片漆黑时，心扉之门打开了，自己的内心竟一片透亮——没电的时候真好，黑色的夜幕成为烦扰人们的文明病症与自我的绝缘带。你醒了就烦捉襟见肘收不敷出烧香磕头求职谋生饮憾职级暗恨待遇苦争房子寻求公平，以及烦腻人事等等，都在你生活的"软硬盘"中，而没有电，你的屏幕一片漆黑，企求没有了，愤恼也销声匿迹了。看不见房屋的狭小，看不见家电的过时，看不见散落在家屋属于自己来自方方面面的无数惊叹号，和属于无奈用的省略号，只有心灵与心灵在交换，而心与心都是灵与肉的纯真的对话……

黑幕中反而没有惊悸，心中没有鬼，不怕鬼敲门，不烦人声来。估计有人在黑夜咀嚼着腥臭的果实却胆战心惊，而我在夜幕里实实在在独享清静，身轻如燕，自由翱翔，黑色笼罩的是野心的压抑,而夜幕正能安抚一颗平常心。野心在黑夜里狂躁不安,恬然在无光的空旷中更宽广⋯⋯

夜幕里,有的心能跳荡出火花,有的心属于永远的漆黑;夜幕里有的人想到没电真好,畅想之后睡个安稳觉,早睡早起身体好;有的人恐惧夜色,寂静更使他神经紧张⋯⋯

没电的时候,真黑;有的人在黑色中找到宁静,找到自我;有的人天生就是夜猫子,在黑夜一般狭长的心域,寻找着点燃自己的打火石,你见过的,在没有火柴盒而需要擦燃火柴时,有的人只能寻找屁股的部位和鞋跟⋯⋯

没电真好!所有彩色的影与彩熄灭了,心中的彩都唱了起来。

突然,一片光亮,瞬间,你的周围上下,争相亮了起来——文明回来了,仿佛烦客敲门⋯⋯冰箱的电动机骤然开始永无止境那般的工作⋯⋯

当然,你的心还在文明的地域。最终,心没法因电而停。

城 市 的 风

乌鲁木齐市的风和额尔齐斯河畔北屯的风大不一样。

窗户"哐当"一声碰响,才发现起风了,好风! 我竟一阵惊喜。

风,对于人类生活的一切方面来讲都极平常,是生活中的一部分,本没有可惊可喜的事,尤其对于我这个来自大西北之北额尔齐斯河北屯的人来说,对风更是司空见惯的。

我常年生活在大风的故居。那里的风好大! 好威风的风! 一刮起来,次次都有声势,那遮天蔽日,狂呼乱吼的风暴,却使边陲之边的人习惯如常。

调进乌鲁木齐市多年来,好像风的印象渐渐淡去了。刚来时,最明显的感觉之一便是无风。家在城北,城南呼呼有风时,城北却隔街观风,即使有点什么能叫风的感觉,那也特别少,也特别小。

记得那年冬天搬来,一连四个月没见刮风,由衷地感到一种地域的福分——谁喜欢那风沙刮打着脸?谁喜欢风把树吹倒把电线刮断把天地搅得昏暗无宁呢?

几年过去了,习惯了没风的日子,一直未曾听到属于风的那种真正的吼声，倒是想念起来。人说人贱，大概于此。这不，冬至进二九十天，门窗噼噼剥剥有了作响。我因屋内暖气太热开会窗，不料迎来了久违的风。

"起风了！"我不是住在远边那样急切去关窗，反而打开了书房两扇窗户。看见风，听到风来了，由心底发一种愉悦。

愉悦什么？不知道，只是看到窗外高高的杨树本来残留的枯叶狂舞一阵，便随风横飞。树干在剧烈摇荡，时而平缓，时而如揪如撕那般，就是不肯向风低头哈腰。

但风不大，没有让无数杨柳竞折腰的意思。

我真希望刮次大风，刮大些。那哼哼叽叽不能歇斯底里的风，似乎遇到了坚固阵地以及阵地更凶顽的千军万马？风到了城市，也如此谨小慎微吗？细滑绵软了吗？

风本来是有力量的，风可以刮着地球转圈。

刮吧！刮一次像样的风，使足劲横扫一切那样，尽情扫来吧，以摧枯拉朽的汹涌，奋力向前。

风可以荡涤尘埃，让满街的灰垢集中到污处去，尤其是当今的城市，烟雾废气死死地笼罩着人群，城市戴着一顶的灰帽子或披着一块偌大的灰纱，蓝天成了冬日的最大奢望，此时的风，就是人们生存的"绿色生命"的使者。

记得过去，哪座城市有风，就是晦气，而如今谁拥有风，便拥有了蓝天，拥有了爽净明朗。可惜没有。

风使人想起自然，想起自然力的无穷和寂寞以及爆发。没有风的世界是沉闷的世界，而沉闷便不是世界；没有风，怎么能有"春风又绿江南岸"？怎么有"千树万树梨花开"？"二月春风似剪刀"，又能剪裁出什么人间美景？没有风怎么能有"千里江陵一日还"?怎么能有花为媒,水如潮,涛如歌?大海何以惊涛拍岸而不致成为死水?没有风,怎么能剥尽虚附而独留剑峰于苍穹白云之间?没有风,怎么有《大风歌》?怎么有"大风起兮"的雄风壮怀?

水泥森林比自然森林更能挡风。烟云墟出让风却步。风没有看清水泥森林里包裹的万千脆弱和虚张,风被高大森严的人为壁垒吓住了。即使是冷热相克不得不成了风,风也便风风仆仆赶到城墙脚下,自己却先矮了三分,腿也软了三节。城市风之懦弱,也来自看风使舵的势力心理?风在街巷间周旋穿梭,从北而入,至南城,已没了风的一丝风骨;从南而入,至北,风已苟延残喘。万千门窗,吞噬了风的生命力,连风之声也成了无病的呻吟。

我有点看不起城市的风,它没有故乡高山风的无羁豪放,没有戈壁风雄狮般的酣畅。

城市的风没脾气,而又少雨,多是"干风'。水泥森林缺雨水呵,它不因雨水而长高,却能因雨水而洁净。看城市虚灰满街,看天空黄灰弥漫,下一次透彻的雨吧,刮次无情的风吧,水泥森林还在,而烟灰尘杂都得以一洗,城市会忍受大风疯狂一时带来的不快,会有风沙搅和,窗玻碰碎,人肤黑糙,但风带来了风景,如同孩子洗澡,孩子还是好的呀!

忌风——人之特点里好大一棵病树!

城市在拒绝风的时候,拒绝了平衡;在谋取宁静欢悦时,埋种了脆弱,以及脆弱发芽并结出来的苦果种种。其实,风是一种酣浴,我预言,风将成为人们重新认识后的一种打绿色牌的新资源,花钱买风,花钱呼风唤风,将是文明树上一枚开胃的酸果,同时也如同吃药治病。

还是故乡的风好!那里的风来得直截了当,痛快。你就看吧,某天中午热的发闷,闷得西边的远山黑乌乌的一片,很快,风来了,风是先遣军,先是"小股部队"探探虚实,尽报人家关门闭窗,很快,千军万马掩杀而来——奔腾大军,先似万鸽哨骤然而起,接着惊天动地,撕肺破喉那般呼啸而来,刮断了脆弱的树枝,掀翻了轻薄的屋面,冲进了不紧的门窗,真像大部队过小村庄,该尽的吹尽,该驱的驱走,一时间搅得满天无光山摇地动,接着,风就不吝啬地介绍来了它的"好友"——大雨,那"好友"也是鸭子的肠子,到了地方,铺天盖地就哗哗啦啦,把洁净的天水倒向干渴的土地,把山林街屋冲刷一新。

一场风雨,留下了一个异常宁静而干净的世界。痛快大方,淋漓尽致。正如陆游词中"风如拔山努,雨如决河倾"一样,而风雨全然不知留下的是赞誉还是"骂名滚滚来,"它只知奉自然之命。"夫风者,天地之气,博畅而至,不择贵贱高低而加焉"(宋玉《风赋》)。

而风到了城市,怎么就畏缩不前了呢? 怎么给戈壁山川多,给城市少呢?给人少的地方多,给人多的地方少?风怯人、怕人什么?

城市人和许多人还是讨厌风的吗?那令人恐惧的大风大雨,人们难以接受吗?它太锋利,直截,尖刻,于是,人们忙于防风堵风躲风。可人们又明白无误说,风有时好呵,好处大去了! 可又不给风在心目中应有的位置。

而没有风的坑壑之气,那种霉味晦气,那种与泥尘共存于浓烟尘雾的黄色阳光就是所求吗?其实,人们怕的是狂风,过激的风,而风中也有多数与少数,主流与小节哩! 有诗曰"如何得以凉风约,不与沙尘一并来" (宋·陈与义《中牟道中》)——噢! 人们原来需要风的,那就是,只要风之气,不要伴风而来的沙与尘——而世界上的事怎么会有两全其美的单相思呢?人总是生生世世想着甘蔗两头甜,行吗?得失利弊于风,自然界会说明,历史会证明!

窗外的风使劲呐喊了一阵子,便泄气了,无怨无恨那般。门窗无须关扣,因为,风已软滑地走了。城市造就了这种短风,阵风,弱风,柔风,媚风,它讨好了城市人,却害了城市人的胸肺、鼻、气管⋯⋯直到人 心和生命。

窗外树上仍挂着孤绝的残叶,仍抖抖颤颤飘零于寒天霜树之中。那些残叶如此近风招摇,倒是在宣称自己招摇的本事,那粘接高处的枯黄,像是打着一面枯朽的旗帜,不但嘲笑着风的无力,而且告诉世人,它在万木不绿时,独自装帧着一种风景,而且是高高在上,耀武扬威的样子。

站附高大就因之高大,残存于世,便以为是风景,不肯理智地下落为泥,以护来年新绿,等待它的早晚还是扫帚。因为,风,是四季都会有的。

八 个 太 阳

一

黎明,我们看到一排女兵"墙",那面正在报数:

1! 2,3,4,5……8!

带操的王排长发现,本该东张西望新兵蛋子们在向左看齐? 呵,是在向女兵看齐!

"精力集中,了呵!"他前半声硬后半句软,有些不得要令。

突然,他大吼一声:"向后转——跑步——跑!"这时,以后当了一班副的大李摔跟头了。大家一阵哄笑。就这样,王排长把我们齐刷刷的目光强行扭到了院外宽广的大路上,这家伙!

这是塔城军分区城边的一个大院,院子里有军分区三个单位。女兵也安排在此训练。我们共在一个操场,由此,这个大院落里就有了精神原子弹。

关注女兵风景线,是我们新兵和"老家伙"王排长们心照不宣的秘密,可惜的是,我住院之南,"君"在院之北,虽则一个操场训练,与女兵们相距仅百米,却远若隔世。

105

有个女兵是大家都"看上的",像我在地上看天上一朵云。我们仰慕人家高高的个子,动作总是那么妖娆,富有弹性,远处看,眼眉一片乌黑,脸蛋儿白白的……我们暗地里叫她大眼睛。

王排长对指导员说:现在的新兵呵,思想复杂喽,一盯着那些女兵,就听不到口令了哎。

这是我新兵训练完荣升文书后听到的。你呢? 你那两只浓眉大眼不也在喊操时跑了光? 还说我们呢! 其实,那时的王排长才二十三四岁,我们却认为他大得很。稍后我们就摸清他了,他正在找对象,像一头没着落的公鹿,烦着呢!

王排长可以让我们尽量晕转着看不见女兵,或者,当我们和女兵们合法迎面时,他就让我们合法地转身,喊一个跑步跑这类口令,活生生把我们拉出操场,拉到了外面大路上。

院子里有女兵不假,可要想与她们近距离接触并非易事,别说新兵蛋子,就是王大排长与那些女兵之间,也不亚于宫廷跑差的想见皇宫娘娘! 说真的,我不只一次看到,王排长常常在女兵住所那面莫名其妙转上一圈。

她们戴上领章帽徽后,就迅速地完成了从丑小鸭到白天鹅的飞跃。她们是风景,是云霞,是嫦娥,是风,是雨,是我们青春期小伙子的彩梦……

二

新兵们羡慕我 3 个月后就当上文书,我可以和那些女兵有些来往了。

比如说，我去军分区取电影票，政治部宣传科的人就让我给院里的部属带票，当然，就有女兵的份，你想，我不就可以名正言顺去"后宫"了？不就可以见到"后宫娘娘"们了？

我从连部去给女兵送电影票那点距离，硬让我走出了万里长征。我紧张无比把电影票，像递交国书般送给带女兵那个家伙后，我却很少看到她们。

但是，只要我来过，她们就会有电影或者节目看，为此，可以证明的是，星期天，她们一团上街碰到我时，对我指指点点，在小声议论我，眼神里有好的内容。为此，我很兴奋。

坦率说，我是文书，很能干，也算能写会画。我出的板报，得到了指导员的肯定，连营教导员也注意我了，这为我以后调到团政治处宣教股当放映员有关系。我出版报出疯了，把我写的诗歌散文通讯以及速描等等，全都近水楼台先得月"发表"在我的阵地上。整个院落都是我的作品。显眼的墙上挂满了，就挂在树上。

国庆那次，我三天三夜出了十几块板报。一方面，是我忘我工作，积极要求入党等，另一方面"鲜为人知"的是，我是为她们出的！她们学得是护士，比我们多训好几个月。这期间，一到空闲，女兵们就会三五一群凑在板报前指手画脚。她们的自由度大多了，对板报的赞赏也能充分地表现在她们青春的脸蛋儿上了。"读者"中，她们比班副这些阴阳怪气的家伙忠实得多！更叫我激动的是，有人说，"大眼睛和另一个女兵还在板报前抄你的诗呢。天啦！我狂喜呀，事实证明，我那首诗在指导员鼓励下寄到塔城报社发表了。

那是我的处女作,是我有成就感的大作!(之后才明白,这算是诗吗?)

在此录几句让大家见笑。

一种是"杀"气很重的:

杀声出口,天惊地怕\我端起钢枪\拍拍胸前护甲\自豪地唱我练刺杀\战士喜欢练刺杀\逶迤天山任我跨\遮天云彩随我驾\顶星伴月\是我撩开夜幕纱\烈日炎炎\哪怕汗水流满颊\刺过去\台湾解放蒋朝垮\防过来\豺狼缩爪熊罴怕……跟着统帅再长征\革命路上不卸甲\保卫祖国准备打\紧握钢枪永刺杀\杀——杀……

一首有点"情调"的:

参军时父母留下殷切的希望\盼我早日加入亲爱的党\多少次睡梦中举手宣誓\手捧党旗叫亲娘啊……吐不尽心中对党的爱\何日才能实现我终身的愿望\我暗暗流泪滴湿了军装\思绪万千万般愁长\多少次写家信提笔又落\心里有愧,我该怎样把话讲\指导员教我学《为人民服务》……

有次送电影票时,我发现她们由林黛玉进大观园的拘谨变成了"女匪",她们嘻嘻哈哈叽叽喳喳一窝蜂上前,从小家碧玉发展到从我手中抢电影票了。我荣幸听到她们还叫我"小文书"。

出板报得到女兵们赞美时期,我属于"白领",一天干干净净当文书,自自由由满院跑,体体面面出风头。而一班副等新兵们训练完,就天天出去干力气活,不在横队就在纵队里唱着"我是一个兵"和"日落西山红霞飞",一天早出晚归,属于"黑瘦馊",天天脏不溜球的,见不上女兵们,既是见上了,也像一班副那样"破帽遮颜过闹市",因为,小伙子总不能那样去相人家吧?

其实我低估一班副了,他在"地形地物"极其不利的情况下,竟然还是和一个女兵互在新兵日记留下了签名,天呐!

这是我们复员笑说这一趟事时——才知晓的,由此说明,有人能个呵,什么人世间的奇迹都会被这种能人创造出来,而我是脚下踩棉花,走虚的,当时没有、也不敢和任何一女兵有实质性接触,我是敢想不敢干的笨蛋,而一班副他们才是真正的英雄。

然而,好景不长,一夜间,女兵们全没了,这叫我失魂落魄了好几天,这样说,一点不夸张,我连板报出的也没劲头了。

但很快,我们又在军分区电影院看到了她们。她们已"入宫"进驻军分区医院了,这样一来,我们要见她们,真的像见皇宫娘娘了。若真要再见她们,该是她们高举针管刺向你的时刻,是针、药和来苏水味与你的关系。

有次,我感冒了,真想到军分区住院,然而,连队卫生员高举针头对我说:"你这点小毛病,不用住院。"而一班副就把病喊得很重,有幸到军分区医院住了一次院,我们甚至羡慕起一班副了。

我们见她们的机会越来越少了,只有看电影和开大规模的会,才可能远距离能看着她们。

她们再也没来看我的板报,我也不必给她们送电影票了。我的诗也没人抄写了。这让我们多少有些人间沧桑的感叹。

这都是令人伤感的事。但我就此落下了写诗弄文的"毛病",并不断在报上发表些,想着她们能有幸拜读,并"记在日记里"……

呵,女兵,你们是云霞,说飘散,就无影无踪了……

三

想想也是,我们与人家有何干? 人家没几年全是干部,而我们见了人家得先敬礼哟,下级与上级领导,瞎胡闹啥? 根本就是两种命运,两种前途……

不过,入伍第 3 年时,我还是因急性痢疾住进女兵们所在的军分区医院。

我以为她们把我早忘记了,其实不然,我受到了难以想象的盛大迎接。

那是一个傍晚,指导员给卫生员说,送分区医院。

先是一声尖叫:

"小文书? 小文书,小文书来了! 哎——是小文书!"

接着,我看到她们为我忙得一塌糊涂,又测又量又捏的,然后,那个大眼睛高高举起针管,顺着口罩,我真正看清了那对大眼睛——她呢,神情自若地、毫不犹豫一把拽下我的裤子一角,专注地、轻盈地把针扎进了我的屁股。

高潮过去了,病房安静了,她们全来了。

我躺着的,我的头上是 8 个笑盈盈的美丽的女兵,简直就是 8 个太阳! 把我烤慌了,我被光芒万丈的太阳们照得闭上了眼睛。我就这点成色,我真的很感动。

一连几天,她们对我如同兄弟姐妹,有一点说说也不过分,比对别的病号是不一样,没办法。

讨厌的是,我很快就能下床了。那天,我被叫到了她们的宿舍。我诚惶诚恐地成了女兵的贵宾,了得!这殊荣,想都没敢想呀。

桌子上摆满了不同省区的瓜子、花生和糖块,那年月,这些东西是稀罕物,她们当然会有。

她们一口一个"我们是战友"、"我们的小文书"……

来了一个老些的女兵,大眼睛兴冲冲介绍说:

"护士长,这就是我们的小文书,能写会画,诗写的可好呢,嘻嘻。"说得清脆悦耳,听得云泥有别,嗨……

就这么多。

以后,我从塔城调到额敏的团部去放电影,也就再没见过她们中的任何人……这一晃,竟是 30 年了……

往事是一场风,一个蔚蓝色的梦……

直到今天,我都认为她们是世界上最美的一群。

你们都好吗?我遥祝你们八位当年的小女兵,永远年轻漂亮幸福……

学会制造快乐

朋友电话说有好事,惟大家一聚方可尽欢人意也。于是,下班后在小饭馆坐定,问何等好事如此隆重? 曰:炒股大赚八千元也,八千元呀! 朋友夸张炫耀地做出手势,兴高采烈说,本人日进八斗,相当两月工资矣,不聚何以痛快?

同喜之余我哑然。我敬慕起朋友来,全不是因他意外之财可喜可贺,而是我意外有所思得:人要学会制造快乐!

对我和朋友来说,今天都是个好日子,我在股票上得手两万多,是他所得三倍,然而,我为什么没有想起快乐? 或快乐着抑或制造出快乐? 我股票得之是朋友三倍,不仅没有快乐于他三倍,相反,杂因导致的郁闷,却制约着我的心情。

毫无疑问,朋友此刻是快乐的,而我没有快乐感。我为何郁闷不乐? 我的心情为何不像朋友那样"器小盈满"喜不自禁?

朋友用简单制造出快乐中那一刻,我在细梳烦恼与郁闷之症结。仅说股票,我所得比朋友多,应该说有更多更大的喜乐,而我因别的小事甚至还在生气,这种气不化解,怕是要不痛快好多天。

一件同样的事情,却有天壤之别的心情反应。快乐有益还是郁闷为好? 不言是也。无疑,人生无不都在追求快乐,最俗最实际说,有利于身心健康,良性循环,是健康长寿流域里一艘船;要不,制造出很多不好,甚至内分泌失调,会严重影响健康。

人们的追求是不可控的,但却是有限的,而快乐却是可控的,是可以无限的,重要的区别在于,你会不会找到或制造快乐。

你的标的总是离你的期望太大太高,你的快乐就永远离你很远。我不快乐,在细节上说,我认为该得三万而只得了两万多,我生气总是沉不住气,总是出错,总没有好运气,没有坚持到最后一刻,没有在最好时机抛出,甚至认为不该卖掉此股,放到明后天,利益或更大……往宏观上说,我的心情不好,还有别的工作与生活繁琐事,这一切内容,与我形影不离,一时一刻成为左右我情绪的可变因素。

快乐往往是建筑于简单之上,简单不等于浅显,人在一生中,很大程度上,需要的正是这种简约。我们需要简单些。

大千世界既能制造出快乐,也能制造出郁闷,个人世界也是一样。事情往往这样,同一件事由,同一个阳光下的人生,会因人而异出不同的结果,关键在你个人。有人把平常小事搞得不平常,把不快乐小事放大,把快乐大事弄成大不快乐,为此,至少永远陷入情绪困境。而把平常小事搞成大快乐,把快乐弄成翻天覆地的大快乐,这是一种本事,也是一种心态,同时,更是一种智慧。

你太计较得失,实际上是自私自利潜意识的显现;你自责,看起来是爱自己,实际上是把爱没有多分给些别人;你总把问题放在眼前并放大,是总把自己太过于放置中心的位置,于是,你越想自己事情,你离他人关注爱护的坐标越远……

我不仅要学会把快乐的因子裂变放大,更重要的是把中性或不快乐的因子变成快乐的种子,人得有这点小本事,你没有,你永远与郁闷烦躁相伴随。

比如说,我该把股票所得,首先看作成功,并为之高兴,也可以高兴得一塌糊涂,因为,我这个当老师的月收入不过三千,而我一个英明决策就赚了八个月的收入,我没有理由不呼妙喊好,为此,先是要学朋友那样,自己得到快乐同时,还要发自内心地请大家分享快乐,然后,用一点时间总结得失经验,最后,"武断地"作出结论:股市无常,谁也不是神仙,达到止赢点就行了……

就按这种思路,也就是说,人就该按这种活法。

明天我也请他们一下。今天,我为自己写下这篇《学会制造快乐》的文章。

不 惑 之 泪

　　据说这是"年轮"效应。这些年来，人们渴望着一种同层面、同时代、同命运或哪怕仅有一种一个一段相同的往事，而将这种"以往"连接起来，就成了一根"初情"的线，连结在这线上的情绪构造出一个"共圈"，来寻找离喧嚣市气和勿欲世俗远一些的归真感觉。

　　20 年同学聚会就属于此一种，是展示曾经一种雨露滋润过的相近心境，犹如在一个笼里的小鸟而放飞 20 年之久，已羽毛丰满被召回的那种鸟儿问答般的欢景。

　　20 年前的同学相聚，是太平盛世这些人的一种福分。我有幸在不惑之年，用 20 年风雨雪火磨砺的不惑之激情，饱蘸着相同人相同的希冀，向"飞鸟"们发出聚会的真实的渴求信。我作为组织者之一，坚信这一个"同"字凝结的同一效率的磁波，能发生同感应，哪怕这"波段"很微弱，尤其这是同学的情感之波，此信息穿透 960 万平方千米于 12 亿人中，而能引起共鸣的只有一百多人。这些人就是这些人一生辉煌与平常，波涛与小溪的世界所在。

　　信发出后，就焦急等待天涯海角的"世纪性回返"的回应。

我们都已经在 20 年的生活中，不说疲倦，毕竟是疲倦了人与人之间的"矛盾与运动"；不说厌恶而实际厌恶透了世俗，而又是离不开手的"人俗"；我们在不同岗位和岗位的经常不同，以及为了生存也罢，为了发展也罢，为了事业也罢，为了"仅仅为了"也罢，我们没走向社会时的"自我"已无法再赤裸裸回归了。上山下乡，当兵保疆，做工种粮，当官经商，上学著章……一个颜色飞出的小鸟，回来必然是五彩缤纷令人眼花缭乱。我们曾经的真诚对待真诚，有时真诚被虚伪玩弄，；我们曾经满怀希望，而现实让我们懂的平常；我们曾经憧憬一切，而一切都不在我们手里；我们曾奋力拼搏，而结论却异常严肃和冷峻……我们由此曾失望，怀疑真诚、怀疑人的奋斗。由此，我们又懂得了什么才是现实与现实的真正。为此，我们不能在不惑之年而妄言不惑，而不惑之年才是"惑"的另一种开始。在惑与不惑之间，我们还惟独拥有一条，那就是人与人的初情的真诚，既而，我们寻求所有真善美的一种心境，便是人生不惑的涉足，不要太计较结果——这是不惑的"过程"的哲学。不惑的人坚信现实中五颜六色的人，都必然逃离不了人的本色。

于是，不惑的召唤是真诚无比的期待。

于是，额尔齐斯河生长的百十位老同学碰在一起的时候，百十个"不惑"汇在一起，其开始还是"惑"。如同百十只核桃，都只是带着皮来的，尽管，互相知道瓤的成色。大家带来的戴了 20 年的面具，还一时难以披露，这很正常自然。无论是爽朗还是故作爽朗，是平静或本来就平静；无论是行云自若还是做作,还是本来就是本来,同学的笑脸还是最可爱的无欺的笑脸之一。儿时影子依旧,而今中年之人"似曾相识";常见面的不常见面的,一时间就回到了过去厮守嬉闹的回忆之中。于是开会发言,谈笑风生,互相打问,老师感慨,同学情高,举杯把盏,舞池翩翩……

我觉得一筐洗净表皮尘垢的"核桃"不轻易被破"瓢",同学的真诚需要真诚的爆发,而同学之情的爆发,泪水是最伟大的一种。

而泪水在坚硬的壳内明明涌动着而无喷发。

20年的包装是一层坚硬的包装。

女同学在评价男同学的建树,而男同学在似有似无或不可领受的夸奖和笑声中,看见女同学们眼里早已失去的少女之神;男同学在爽朗的夸奖女同学"还是那样"而女同学惊出一脸喜色时,大家在20年社会上的"习惯"是能见冷成冰,见热即化。

女同学无可讳称的明显的鱼尾纹和家庭工作的负重,使她们不愿听任事实地向逐渐衰老沉重迈去;而男人四十,如日中天,朝气蓬勃的成熟和步履的铿锵有力,以及正挺直的腰板,属于与青春不同更有魅力的从容豁达。而不可辩驳的事实是,蓬勃者与消沉者与终点距离的不一致。人生相同的出生、童年、青少年和老年,还惟有不同的恰在四十中年。20年岁月把女人的青春洗刷已旧,而男人雄心正猛,而不知物至秋的过季之意。女人四十常常带有的无奈,属于大多数归于平常和安宁的女人世界,而男人正是无奈的焦躁不安而面硬心虚。

不惑之年有无知之时。无知的标志是摇摆思绪的墙头草;一面是走向衰老和尽头,一面是肩挑过的幸福童年和现在的奋斗;哪头重来哪头轻,四十岁拎不清。但是四十岁的男子是稳的,清不清,往前走,上有父母、下有儿女,无论自己的肩膀强大还是疲弱,四十岁的男人担子时时压在心头。四十年的男人是一部山和水同样凝重的著作。

人们可以伪装成大师来包装泪水,心与心交换时,情与情简单地碰撞几次后,那泪水是无法虚拟的。

如果说学生时代还大致上属于"自然人",那么,现在的同学已是地地道道的"社会人"了。

本来酒精可以击垮人们感情的闸门,不料,四十岁的人心埋太高太坚实! 四十岁的人与心,与地球地心的火热,爆发的"火山口"被"社会人"的纤维缠裹的太密实了,像堵长江决堤那样擅长勇猛。

实际上, 大家明白, 随着只有一天聚会的时间慢慢倒减,20 年前相同和 20 年后的相会, 一步步成为属于他们之间的永远和历史。真情往往需要假来装饰,而假千方百计要用真来掩护。重重的情愿压在每个人心坎,压在已开始不自然畅快的笑容,压在了同学间对视时那种"永远"面带诀别的气氛中。

感谢女同学,感谢女人泪。

女同学在奋力张开笑脸十几个小时后,把硬贴在脸上的从容揭了下来,泪水如洪奔泻而来。

感情从最薄弱的地方爆发, 最薄弱的感情来自那位最远的女同学,大概她觉得不会像诸多当地同学还"有幸"常见,而她一去可能成为终身。可见,这位来自北京的女同学在舞会行进到晚上 11 点多时,她要走了。她从北京赶来,雇了车到离乌鲁木齐市 600 千米外的曾上完高中的地方, 明天,她就要赶早离开这里,而明天,她说,那就可能是"永远"。当她与一个女同学告别时,突然就"哇"地相抱痛哭起来。就此,达到一种真情永远的幸福之最高境地。

同学相聚像一幕幕流动的画面,而此刻被定了格,成了意义的沉淀。

既然开了闸,她们干脆一反矜持,放声嚎啕大哭大叫起来。

于是,二十年相聚才真正找到了主旋律。由此,二十年聚会,到这一刻,就开始不顾一切地把二十层伪装撕去,露出了童真和人真。

男女同学的心都提高了位置, 流出和不流出的标志同学之情的泪水与真情, 在这一幕迅速地跨过二十年跨度而迅速集结汇聚……

世界上什么升官发财、名利物欲、高低贵贱、患得患失,什么酸甜苦辣、成功失败、坎坷顺利、富贵清贫,一切一切在真情面前,都显得无地自容,那美丽动人的嘶喊哭声呵,它是一首最动人的歌!

表露真情是永恒的,不表露却是永久的。

当二十年前的同学在二十年后相聚之后, 一切都回归到眼前的阳光、空气、人文、环境中去。那黄金一般的心情和泪水也就蒸发了。

在城市大街上,那万千人流东奔西走,在规划着属于自己的幸福,还是在追寻以往的足印? 也许失之交臂,或无暇顾及,人到四十,太忙了,以不惑之眼看不惑之人,现实与梦比较,现实多,梦少……

在生活的急跑道上,有时需要停一下,加足一种人间真情,那才是真正的人生……

"人生苦乐皆无层境,人心忧喜亦无定程"(朱可敬)。只要我们心底始终留有一潭净水, 我们就在共同拥有的这个世界里,拥有生活,拥有人生……

没有感伤,哪有人生!

没有感伤,哪有人生的色彩!

没有感伤,哪有人生的色彩的魅力!

南海观音与自由女神

我多次在电视上看到高入云天的南海观音，很想实地瞻仰一番。那年，我有了机会，踏上了一睹她风采的游程。然而，因为费用等问题，导游机敏地和我们兜圈子，让我们与她可望而不可及。

有次车行南山背后时，一片青绿山间，我惊疑地看到不远处突显出一尊巨大的白色人像，从天而降那般，神入凡间，山水皆异，大树成为小草，高楼大厦如小积木，那就是南海观音圣像了。当时惊异的我，像是看到了母亲转世，被那种只可梦中或画中出现的、超乎寻常、突兀近山远屋的巨大现实而惊奇。

可惜，此景昙花一现，为了赶时间，旅行车舍不得停留一刻，峰峦一抹掩映了惊喜、思绪与希望。

第二天，我多次问导游，今天能看到南海观音圣像吧？她说一定能。这让我这个爱吃咸的北方人，高兴地多吃了一大块难咽的甜馍。

结果，我们还是被蒙了。第二天，我们坐上一艘快艇，只是在天涯海角一带，远远地看到了心中偶像南海观音圣

121

像。

　　她太远了，我们是远眺。从天涯海角海面看南海观音，至少有一二十千米，南山如拳，而南海观音宛如一枚大头针，这也让我们有了惊心动魄欢呼雀跃的一刻，我在摇摇晃晃的快艇上抓紧拍了一组南海观音圣像。

　　由于距离太远，相机像素太低，回来后，只能从小照片上看大世界。就这样，我还久久把南海观音圣像放在我电脑桌面上。其实，那是关于神圣与高大话题的另一个天涯海角。

　　3年后，我又有机会去了海南岛，这次是政府接待，我如愿以偿了。我们不仅到了南山公园离南海观音圣像近处，还有幸来到她高大身下，充分地，富足感地，宁静而仔细地仰望着她的宏伟与慈祥。

　　海南回来，心满意足后，一个问题总缠绕着我，想了数天，说不清该说什么，该怎样来说，但又不能不说，那就是，到了三亚，导游就会三番五次把我国南海观音与美国自由女神作对比，说我们的观音高108米，比美国的自由女神像还高数米，言之，毫不掩饰心中的自豪感。

　　说实话，那种感觉如流星一划而过后，反而感到，如果自豪感底气不足，就像离根的鲜花，或按我家乡话叫"石板开花无根底"，我对此言不由衷的自豪，多少带些疑问，且不能完全苟同。

　　是的，这件艺术品的自然数是高，但我们真正该高的地方是什么？或者说该比高的地方在哪里呢？两个国家与两个民族间真正应该比什么呢，或不比什么呢？

108 米的南山海上观音圣像,凌波伫立在直径 120 米的海上金刚洲(观音岛)上,像体为正观音的一体化三尊造型,脚踏一百零八瓣莲花宝座,莲花座下为金刚台,金刚台内是面积达 15000 平方米的圆通宝殿。金刚洲由长 280 米的普济桥与陆岸相连,并与面积达 60000 平方米的观音广场及广场两侧主题公园,共同组成占地面积近 30 万平方米的"观音净苑"景区,是"中国旅游业发展优先项目",是南山佛教文化苑的重要组成部分,称是目前世界上最大、最巍峨壮观的一尊观音塑像。她是用五千年中国文化磊砌起来的,凝结着浓郁的中国历史文化色彩。

据称,南山海上观音圣像的建造,集十方善念而开心敬建,因其规模宏伟、意义殊胜、佛理底蕴丰富,被誉为"世界级、世纪级"的佛事工程,于 1999 年破土兴建。2000 年 4 月 24 日,海南省三亚市举行了隆重的南山海上观音圣像开光典礼,来自全国各地的 2 万余名群众参加了盛大的庆典活动,海峡两岸和港澳地区的 108 位佛教界高僧共同为海上观音圣像开光,海峡两岸和港澳地区的高僧大德齐聚一堂,共叙法门情谊、同胞手足之情,在观音菩萨圣像前为共同为世界和平、祖国统一、国泰民安祈愿。

建造南山海上观音圣雕,是近年的事,全国各地建造了不少,可以说,是中国经济发展最好时期和市场经济到了一个高峰时期的见证。

我看南海观音,除了对观音的敬仰之外,对修建她的目的,多少有些揣测。我认为此建与当今社会信仰关系不太大,更不是大众到了普遍信佛的时代,甚至认为,我们现时期把她们建造的越来越高大,而离此信仰越来越远,这显而易见,在这个时候耗资 80 亿元建造她,把她放在收百十元门费的地方,建造者其对观音建造的真正宗旨,也就略见一斑了。

因政治或因佛事大兴土木建造神像,中国历史上有几次大的建造期。大都是中国盛世时期,玄臧西天取经的唐朝时期,造出了最典型的莫高窟等,估计那时人们,不是为了旅游门票收入, 是一种信仰或政治需要, 包括玄臧西天取经。这时候的人们不仅在建造,还向西取经。而现在人建造她,除了不排除少数人有佛心在胸,似乎难以叫人相信建造商们是吃素念经的人,这就让人感到观音的本来地位作用,至少,那些理念,在这些人心目中有些位移。

我们见过那些虔诚的信徒,他们真信,他们最多在前人修建的庙宇里,受清淡之苦,心有普度众生之大志,他们作一生,不是一时,这就好判别了,但他们没有能力建造一个比美国自由女神还高的观音像来长长豪迈之气, 他们不需要,是因为他们六根清净,名利地位荣华富贵如过眼烟云,反而与高大形象、第一显示等这些心情化东西无关。

我听过一位学者一家之言,说在某种意义上说,民间还真该有个信仰。假如那些给奶粉中掺假甚至不顾及人民生命安全的人,他们哪怕信奉佛教,就取其从善弃恶,不造假,不害人等,那一点,绝非不好。再如果,在这个意义上造建比美国的自由女神像还高的南山海上观音圣像,是为了我们文明与法制的希冀,挣脱愚昧与陋习,我看未必不是好事。造一个于今与未来高于世界的精神境界, 更是无可非议的大好事。

据了解称,美国的自由女神像是一种民主的象征,是民众对政治制度的普遍要求,是他们精神世界的一个制高点。

据资料,自由女神像已作为美国象征之一,位于美国纽约市曼哈顿以西的一个小岛——自由岛上,从图像见之,她手持火炬,矗立在纽约港入口处,迎来了自19世纪末以来到美国定居的千百万移民。1984年,它被列入世界遗产名录。据了解,自由女神像是法国人民赠给美国人民的礼物,主题是和平,是自由的象征。这很明确。女神像高46米,连同底座总高约100米,是那时世界上最高的纪念性建筑,其全称为"自由女神铜像国家纪念碑",正式名称是"照耀世界的自由女神"定位在此。

女神双唇紧闭,戴光芒四射的冠冕,身着罗马式宽松长袍,右手高擎象征自由的几米高的火炬,左手紧握一铜板,上面用罗马数字刻着《美国独立宣言》,脚上散落着已断裂的锁链,右脚跟抬起做行进状,整体为挣脱枷锁、挺身前行的反抗者形象。

女神气宇轩昂、神态刚毅,给人以凛然不可侵犯之感,而其端庄丰盈的体态,又如一位古希腊美女,使人感到亲近而自然(我们的南海观音一看就是神)。

从资料上看,当夜暮降临时,神像基座的灯光向上照射,将女神映照得宛若一座淡青色的玉雕,而从女神冠冕的窗孔中射出的灯光,又好像在女神头上缀了一串闪着金黄色的亮光,象征理性之光。一个多世纪以来,耸立在自由岛上的自由女神铜像,已成为美利坚民族和美法人民友谊的象征，永远表达着美国人民争取民主、向往自由的崇高理想。

"世界和平、祖国统一、国泰民安祈愿"，这不仅该是观音及修建的主题，也许是美国人民的愿望以及修建自由女神铜像的初衷。

在三亚，我们听到最多的是和美国比高。比高、比大、比"之最"，这大概是我们的特长。人直起了腰就想着高，这是好现象。

比东南亚，非洲一些穷国，还都没有这样的雕像，但我们不和他们比，为什么和强国比？高与大是心理作用的极端放大，从务虚看，高大极端在强调重要性的同时，也昭示务实的地位重要性。所以说，追求高大全并不一味是虚像，实在其中，实的东西像是高大混凝土塑像里的钢筋，起到重要的支撑作用，同时，此像也是为了实而服务的。

说说比强，比强的心态说明，我民族开始强大，同时，也说明我们历经弱者地位，现在仍有很多多方面的不如。

我听到一个观点说，自尊心竟然来自卑心，也就是说，最强的自尊心，来自内心最大的自卑。我们的历史，主要近代史，是被动挨打弱国历史，所以，我们向往强大。现代两国的经济还不能比，我们仍然想大和强。这没有错，不过，我想，我们要从被动挨打弱国历史和落后中找根本的原因，不是外在性原因，形象化的高大，不一定是真正的高大强。强大需要表面，更需要实质。一旦强大，自是不言而喻。

直起腰后该比什么？这需要智慧。单说从旅游角度出发，建造此无可厚非，它的确能带来丰厚的回报，打传统文化这张牌，也司空见惯，同时，我们对观音充满了好感，民间认同她是个好菩萨，在普度众生方面，做了大量顺心民意的事，中国传统文化中的观音，或佛教对中国社会的历史作用，我们有目共睹，但我们想说的是，当今世界和未来中国，我们民族更需要的是哪些文化精髓呢？也就是说，我们该塑造哪种又高又大的精神力量呢？我们有没有建造现代化精神世界的标志性缺失？

建造象征性建筑，还看各自国人民对制高雕像的认知态度。从文化根源上分析，目的也就明确，指向也就洞悉。一时的经济强大，有一定力量建造形象之高大是可以做到的，但我们用5000年中华文化建造着精神家园，该是什么？我们为什么建造她？我们是要比高吗？什么是人类之高？人的民主自由平等和公平受尊重状态以及物质上的相对幸福生活。

再说，危及世界的金融海啸，把强大化身的美国洋相出尽，至少打破了很多美国神话，说明世界没有神，也没有神一样的国家，我们大可不必轻率自卑，也不可妄自尊大，我们对一切高大与神圣都需要理性地看待，最重要的是，树立符合时代的发展理念，最重要是让民众有好日子过。

然而，以金融危机掩盖美国文化先进的部分，也不是唯物主义者。美国脸色还是世界脸色，美国仍然强大，美元仍然制约着世界经济，美国的影响力还不容小视。

我们的强大崛起，在世界是不可多得的一枝独秀。

我们要理性，要明白，对此，我们要做的事太多，我们的精力是要花在有形的初级积累上，我们更要注意精神世界的建设,我们有自然的珠玛朗玛峰,美国再有钱也建不了,我们已可以自豪了,但我们也要有民族精神的珠玛朗玛峰,我们市场经济建设还在初级,比如说,旅游理念与积累方式,具体说,我们还有那种连骗带诳的经营思想及做法,这与我们建设精神珠玛朗玛峰相距甚远。对此,我们爱说任重道远。

天山神木园游记

一个奇特而神秘的地方!

当然,如灵在内地江南,九寨沟、西双版纳等雨水充足或热带出现它,也许不足为怪。

在塔克拉玛干的黑风和沙暴肆虐扑打的天山 7435 米托木尔山峰下,在满眼灰色朦胧罩笼的无尽荒山上,竟有沙漠孤舟般 30 亩以奇特巨树撑起的神秘绿地,似一剪绿绒失落一般, 出现在克玛利克河 20 里向托木尔峰进发的路口上, 它与周围逶迤不断的千百里以灰碣色调的山峦一样突兀着, 而不一样的是, 惟它的突兀是浓浓的密不透风的绿色,这已算稀奇了,而更令人惊奇叫绝的却是,这么一个万山荒坡一丁点绿的地方, 竟自然生长着百多棵直径两米左右巨大的、形状怪异的大怪树!

怎么才能简短而形象地表述出它令人惊觫的巨大神秘和奇特呢?这片自然形成的"微型森林",仅用语言难以为它做出说明, 摄影摄像的专家也望"形'见拙。前几年,有个摄影家蹲了半个多月, 想拍出它的如梦如幻似人为画景的神韵奇异,用了几十卷胶卷,便在它令人毛骨悚然的"森人"酷景和自己艺术的困乏表现力下仓惶饮憾离开了。

秋日，我们这些由新疆兵团文联组织的作家和艺术家们，在兵团农一师文联主席书法家金荣华陪同下到达了此地，结果又成了表现力方面新的一群贫困者。对它，望而生畏地不仅是奇树怪景共惊呼的"森人"，更是艺术再现它的畏惧。

说实话，我们是怀着"不辜负金主席一片好意"心情而去的。对于我们这些人来讲，不仅国内名山大川几乎遍顾，有的几次浏览异国他乡，天下美景看了不少，或知之不少，开始，谁也不留意这块维吾尔族牧民的古墓群"马扎"(墓地)里那点绿色。

下了车，我们一步就走进绿色。我和兵团农十师文联主席杜元铎走成一路。前脚跨进"园"，后脚就定住了——首先映入我们眼帘的是一棵巨大的半躺半卧的标称 1030 年的银白杨，顿时让我们目瞪口呆——这地方怎么会有这么大的树？一棵如同不规则出炉的百十吨重的大铁疙瘩！

这棵银白杨发憨厚敦实的模样回答人们入园的第一惊叹。它高三十多米，而根部离地后，便向东躺了下去，像一尊卧佛。它的根部出现一个能同时爬进两个人的大洞，洞的那头便是在倚地而卧几米后开始上翘的部位，可使人探出头来张望更"险"的森林之景。它郁郁葱葱、枝大叶茂的银白杨树站得很高，以无声逗哏来者的惊叹，恐怕是最好的惊叹，树皮苍老粗悍，疙瘩遍身，简直是电视片中塑造的怪兽身皮大家异口同声说"只能用'惊叹'这个词了了"。杜元铎沉寂了好一会儿，只吐了一字："怪"！

我和老杜抱了两次才接上手指。大家一片惊奇叫绝后纷纷照相留影。然而,金主席说,里面还有更大更怪更奇的树哩!

我们向里望去,原始的蒿草遮蔽了我们的视线,只见那厚实高大的绿色的墙是一堵真正"不透风"的墙。像一个绿色的魔窟似的,深绿寂静,默视敢于跨人的人们。

金主席说:"此中有着蔷薇,山柳、杏、桑、沙枣等四十多种树,组成了一个绿色王国。其中有我国珍稀树种野生小叶蜡二百多棵,有一棵达一千多年,已是我国此种最多,树龄最长之地。"1999年云南世博会上展出了令人惊赞的一棵。

我和老杜向里走去时, 见石河子文联画家刘玉社从那里转回来:步伐有些惊促,连声说"绝了! 绝了! "

他说,那里有一堆怪树,张牙舞爪,树枝横七竖八,横躺竖卧,左踢右伸,大臂任挥,无拘无束,上下乱窜……

我和老杜便同他一道进去,只见数条巨大的"龙"在翻腾, 各成一体交映生辉。我们无法想象这棵树是怎样生长的,它的主干直径有近两米,从主干上分叉出几根七八十厘米的树枝,每根树枝都十几米长,在这些大树枝上又分出三五十厘米、七八米长没有细枝的树丫,根根东部西卷,随意伸卷,组成一个庞大的"龙群"。那些扭转粗糙的树皮如龙身扭动,一片直径在一米左右的树杆弯曲跃滚似黄龙旋风,形成的空洞有十几米深,它的"爪臂"随地兀立,"龙"似动非动,似静非静,仿佛有沉喘的呼吸,有无数眼睛冒着幽幽蓝光,绿茸茸的叶草和光秃秃的"爪臂",密不见天,五六米高的树的蓬顶和空旷的十几米"洞穴",以及一折九弯,似同正在草丛中扭窜的长蛇……一束阳光很不容易透射下来，使得"龙穴"轻烟葱葱，不离不散，金爪白柱，绿毛黄发。

我觉得那粗细不当，密疏无致的无声怪景，和动画片中《《狮子王》》等那人为造致造极恐怖意境的道具有过之而无不及。我说："老杜，《西游记》中那片怪树成精的地方，是不是在此?这也是古道西去取经的地域啊！"

老杜一个劲地呶叨:这简直是一条条活着的龙! 龙! 而它的奇怪还在于整条"龙"游离根部，有一脉"龙"系仅有二三厘米厚的皮相接，可谓"树活一张皮"，而另有"龙"枝远远游离根部，自成体系，成为"无根树"，被北京林业大学园林学院黄庆喜教授称之此无根树的生命奥秘令人百思不得其解!

我们3个四五十岁的男人连声称"阴森可怕"。在惊叹不已之余，看到西侧一片吊挂无数彩巾的地方，刘玉社说，他刚才猛一过去，被吓了一跳，不知为何，人们在几十米方园用彩巾将它围住。

那里是当地人称为神奇且供奉为"圣水"的"千年圣泉"。在青草没人紧紧裹着的一棵直径有近两米多的大树下，隐约可见草中年代久远的人工设施，像供台，祭台之类。那里是此山此树此神奇的"主脉"，当地人说那是千年流淌着这股大绳粗的清泉的源地。水之清之爽自不用说了，在水流槽边，泉中的草须是桔红色的。我和老杜老刘每人捧了一掬"千年圣泉"，喝那口水自然是清爽甘甜的，老杜还将随身带的水杯盛满了"圣水"。

我很想看个究竟，此山此坡除西边百十米外一个百十

米沉沟底有些水,东南两面皆是干沙黄坡,寸草不生。北面
则是逐山坡而高的几十公里荒凉的石山——此处何来其水?
其水何出大树根下?大树何曾这模样?然而,此"圣泉"面南处
被尖木桩篱笆隔离,看来是不允许人近靠,我们转则背后,
却见密实如毡的两米多高的旺草死死地组成一道绿色屏
障,遮住了树底根部以及"千年圣泉"的神秘,那"草毡"才是
真正的"千年圣泉"的神秘面"纱"呢。

后来听说,此山梁"天山神木园"仅有此一股自然甘泉,
这 30 亩绿色奇景,是画龙点睛的"睛",是"龙"之"脉"所在。

我们从"千年圣泉"上方上去十来米,立刻是毛草不生
的古墓群,那干燥的地面尽显黄土的原色,绿色在此仿佛戛
然而止,形成两道截然不同的风景。高大的千年安详在高坡
上,头枕着七八十千米远的托木尔雪峰,脚踏着那块神奇的
"绿舟"。古墓群有百十平方米,站在墓地,才仿佛游入深海
露出头,豁然开朗,好一片久违似的蓝天白云,一望无际,远
处克玛利克河似几道细细的银线,九曲回肠向南抛去,左侧
是石沙干坡,只有右侧一百多米深的大沟里,可见那些小阵
容的灌木丛。

有人说,在这样的地方怎么会有暗河暗泉?怎么会浇出
这片绿这么能滋养出这么奇特的大树呢?走进这里,人立刻
仿佛进入幻觉。

我们从古墓群再次"南下",又进入"绿色密网"。那里有
两家少数民族牧民的土块平房,平房面西处有两棵直径 1.5
米的银白杨树相距十来米,以古铜色的肤色对称地坚定立
在那里,加之两棵树在七八米高处已绿阴密接,形成了一道

133

天然的"拱门"。两棵树均匀地伸出直径50厘米左右的"大臂",各持一侧,似大门的卫士之臂,或卫士手中的杖械,一头在密叶中紧握,一头远伸出来插在地上。

从"大门"进入,又一幅幅别有洞天的风格各异的古怪大树的展示:

有巨大的千年银白杨让直径50厘米杏树紧紧缠绕长成一体的"夫妻树",有似箭直戳云天的几十米高的"箭树",有底部酷似巨大鹿头的"鹿角怪树",有裂开树皮,伸出酷似马头的"龙马出世树"。有躺着长的似眠非眠,有卧着生的似睡非睡,有横着滚的,有竖着扭的,有的直立似站直的恐龙远探远眺……几十亩特别绿地里有百余棵"怪树"——"神木",组成了一个"小气候",组成了一个密而实的绿团,仿佛是百余棵"树圣"、"树精"、"树怪"潜藏在墨绿之中……

老杜,老刘和我词汇贫乏地喊"绝"喊"奇"喊"怪"喊"异"时,又一棵巨大体系的银白杨树横在我们面前,标注的1380年的大树形成一个庞然大物,先是呈现在眼前的三臂六爪的大造型"龙姿",每"臂爪"都在60~80厘米直径,活像一只巨龙在舞爪,"龙爪"逼真,惟妙惟肖,龙"臂"七八米长,赤裸光滑。

走近一看,此树基部直径达两米,一出地面,便叫"九子分家"。我和老杜爬上一根"巨臂"上,想探基部状况,无奈,枝藤粗细交错,纵横无序,加之茂密的草,无法靠近看清根部,只好站在凸出离地面两三米高的臂上数着分支。终于,我们有了发现,此大树分支九数,可谓"九龙共舞"!"九龙树"!"九脉一肢"!龙是中华民族的图腾,我们民族又何其喜欢大数"九"！而此"藏龙"之地,棵棵树都呈龙形,枝枝都似"龙肢"。而惟此"九龙"大树,无论从外形还是从外形尽所呈现的照型及蕴含的精深都有着龙的底蕴,实在令人叫绝。

仅此树占地一亩之多,"九龙"盘绕主干,古藤一般,向东西南北四方八面腾跃而去,树枝一路曲拐伸向密草深处,似"茫茫九派",个个撑起茂密的把把绿伞,个个形成自己一片"龙穴",一片绿阴。

"九龙盘踞"把我们引向深处。

"这里的怪树简直是树怪"老杜说。就算奇迹般的一泓泉水能在天山千里南坡独独冒出,可形成这么一块能长成巨树的奇迹怎么不叫人仿若梦中?仿若幻觉?

分明是一幕幕如今电脑才可能制作出来的怪异之物,分明是阴森奇异作布景道具的活景致。望着眼前的一切,不知是从惊梦中醒还是醒着,这微型的原始森林,静谧无声于表现极端,极端中展示出树的极限……望"九龙盘踞"给人一种内心的击敲,似有一种超自然的力量密布此中,有一种超自然的神秘弥漫一切;仿佛一种不可言状的神秘及它的启示启迪出现在每一棵奇树神木之身,一种精灵盘旋于绿冠白枝之间。那些四劈八开的鬼爷神功之作,使人感到棵株大树都是活的,是有灵魂的,或是驻足魂魄的,代表和标志一种精神世界的固化产物,似一种生命潜藏,似一种外力成而巨大的特异外力创造了一个浓缩人类的小世界,而每棵树的造型语言和生存演绎似正说明一种存在,似一具拟人化的标本,似一天外来客的小憩之地或神秘驿站……

难道这里真是一种人类社会自然化显像? 你看大树气

势,向天,能力拔呼出而挺立;于地,能在一片沙石荒岭扎根
于地深;左右,能力排一切火烧干涸而生存,断臂裂身,千疮
百孔,将生命的历经磨难万千坎坷于浑厚粗裂的躯体,形成
了一种大气。它的绿叶是它生命旺盛的最终标志,正是大沙
漠边缘的千年风雨雪寒和沙暴火进,给了它包含一切的巨
大魅力。而它的周围,由根部发出的细弱枝丫,形成小的生
命体系,寄附于庞然大物,寄附于根深叶茂,还有那依附更
切的百草……百余棵同一模式的大树形成一个整体,整体
有了生命以及生命的全部,如同大树与小树和草……

它的周围难长寸草,惟它郁郁葱葱,不是一种奇迹的力
量,是不会造就这特殊的神气与极端的,让人说不出,摄不
出,画不出,更无力透视它的真正与全部。

它是力量?是昭示?隐喻?圈腾?是龙穴?龙脉?龙门阵?

老杜在回返路上提出"龙论"。他说这是"龙"的体现,有
一种深奥巨大的图腾隐示。由此"龙"的故乡或发源地什么,
尤其那奇特的"九龙盘踞",与华夏民族五千年文化持说如
此惊人近似,说这里在更早时刻便注定是"龙"的传人一种
圣地……

大家都热烈议论着它的神秘与不解。

"对它,只好什么也别说,只有看过它,领略过它的人才
有无穷尽的感叹……"有人说。

感受沙尘暴

这是一种很奇特的感触。

沙尘暴就在眼前，反让我觉得它是一种超越真实的梦幻，看着沙尘暴发生壮大，而自己却小如沙砾。

一次偶然，我站在了沙尘暴的源头，侧立一边，仿佛在看另一世界正酝酿和发生骤变，既身临其境，又旁观者清，目睹着风沙与尘埃，由发起壮大到肆虐，最终形成了不可一世的沙尘暴。

此时像在海啸面前，而自己像蚂蚁，小的是那么无能为力，沙尘暴大的似乎只允许你静观。

你看到了远处的浑沙，而你身边没有一丝尘土在飞扬，这样，仿佛你是在真空了，或沙尘暴只是你眼前一幅巨大的数字模拟画，你太小，它太大，你太静，它的疯狂太肆无忌惮。

我遇到的，就是那年春乌鲁木齐市等地所遭受的那场罕见的沙尘暴，据新疆各报载，此次沙尘暴，是近年来最猛烈的一次，"成百上千吨沙土从天而降"，"能见度极低，漫天昏黄，遮天蔽日……"

那个春天的 4 月 18 日，我们从乌鲁木齐市出发去阿勒泰地区，在往克拉玛依油田整个 800 里路途中，就已经被裹在了沙尘暴中，耳听狂风大作，眼前沙尘弥漫，能见度太低，小车在路上不规则地大幅度跳动，为了安全，我们只好住在了克拉玛依市。

克拉玛依油田一带更是风狂沙暴，一时间大有世界末日的恐怖，可谓翻天覆地，沙砾乱飞，扑面打来，一脸生疼，连车门都难推开。

我曾想过，如此疯狂的沙尘暴，到底是怎样形成的？

不料，我很快就领略了它，并大开了眼界。

次日早晨赶往北面的阿勒泰地区，在克拉玛依市百口泉到乌尔河镇间，虽则听有风吼，往北看去，却见晴空万里，并没有一丝沙尘，笔直的柏油路远方，是一尘不染的蓝天白云，是一片戈壁净地。

然而，好景不长，我们没走多远，就看见右前方戈壁净地上，像突然引爆了数颗原子弹，只见平地骤然翻腾起半空高的浓厚烟尘，很快就形成了巨大蘑菇云，因为远在一二十千米以外，如此大的骤然之变，却似在于无声处，这就有点像在静音状态下看电视画面，眼前展示的，似乎是凭空捏造出来的巨大破坏力。

那里正在酝酿形成新一轮沙尘暴。

蓝天白云下，路的北面，清亮透彻，而笔直铅黑的路南面，正上演着一幕惊心动魄的自然界闹剧。

继续前走，就看见一些人高的细小沙尘，搓捻子似的，形成一缕缕沙股，又像千百小股部队，由北向南集合纠结，很快就有了千百万小股的沙尘，像旱地一洼水坑中无数蝌蚪，积极快速涌向一个方向，由小到大，由弱到强，逐步形成合力，在汇聚，作短暂逗留，之后，迅速升空，继而，就加入到了巨大蘑菇云烟尘中，一旦进入了蘑菇云体系，就有力量了，就大器了，就持重缓慢了。

因为它们加入了庞大阵营，形成了气候，就酝酿着出了更大的作为，最后，就形成了席卷准噶尔盆地、横扫北疆、最后肆虐到几百、甚至上千平方千米的沙尘暴。

这时，我才明白，我们从乌鲁木齐市出来的一路，正好在沙尘暴肆虐中，而现在到了库尔班通古特沙漠北缘它的源头，这才看到"幕后"的它是如此粉墨登场的。

几天后从阿勒泰地区返回，才见乌鲁木齐市被沙尘暴折腾的一片狼籍。近年来，乌鲁木齐市曾有几次沙尘暴侵袭，沙尘暴每次都以不可一世威风凛凛的模样趟过，也许人们被铺天盖地呼啸而来的突然袭击打懵了，沙尘与风的暴行搅乱了一切，只见昏天黑地，却没想，也不会知道它是怎样来到的，会到哪里去，为何如此这般暴躁。

只缘身在沙尘中，人们一时被它遮天蔽日的巨大力量所笼罩，所以，它的不可一世与人的渺小，形成了鲜明的力量对比，于是，人在一时，就只能盲目地恐惧它整体的能量，沉思它聚合的庞大……

目睹沙尘暴，我感到人在某些方面的懦弱，在一边清醒地看着它混账表现，那是一种旁观的可怕。往往没有被侵害时，比已侵害更可怕，是那种将被暴行侵害并冷静地看到必然的恐惧心理。

关于自然环境问题,世人说了太多,比如说,如果沙尘暴的源头是千百里森林或草原,就不会怂恿那些小股部队揭竿而起,人们就不会受到沙尘暴对人的惩罚。

看起来都是人与自然之手的过,而我在考虑,在人与自然之手之上,尤其在人手之上,还有一只手,其实,就是一种支配力在起作用,除了地球自然老化这个不可抗力因素外,还有的人为的可控因素。我想起"生态文明"这问题。冰冻三尺非一日之寒,沙起千里,是人类多年来对自然自杀式破坏的结果,是文明人类不文明作为的结果。

按说,人是理性动物,是应该有点远见的——为了保护自己、他人和子孙千秋万代,该是要好好爱护自然环境,不错,而问题在于,对于人与自然、人与人之间的和谐,最做不到做不好的也是人。

人类的事要靠法制制度,对自然来说,要靠人类共同意志来建设千百里森林草原,对人类来说,人与自然才会安然无恙。

幻入魔鬼城

在新疆乌尔河镇以东,有一片闻名世界的魔鬼城,它绵延几十千米,坐落在 217 国道旁。

从小到今,我的所有外出,那是必经之地,而多少年来,并没有因为看了它几十年千百次而感到麻木或见怪不怪,无论是早上还是中午,或者晚上经过魔鬼城,都会有一种新的感受。

有一次,我们索性深入魔鬼城腹地。从公路进去的时候,感到步入了一个特殊区域,而当我们挺进纵深一二十千米后出来时,魔鬼城就真的有魔鬼故事了,给人的感觉就有些毛骨悚然了。那次一道进去的还有个女孩,归途时,竟吓得好一阵不吭声。

尽管那是个午后,风和日丽,但魔鬼城毕竟久负盛名。

我走进了一种魔鬼城阵的感觉。

无屋的岁月建筑了一座庞大的城群,我感到这里是"天作之城",寒烟枯草已吞噬了埋没城生命的人,成了准噶尔盆地这一片孤寂和荒芜,古尔班通古物一个凄楚而悲壮的身影……

　　大漠孤烟升腾着我一种遥远而飘渺的思索，我骇然惊睹这标志沧桑世变的历史拓本……我感到我无意的脚步踏乱了另一世界的魔阵，搅醒了千万年深宫的风草梦境。我怎么就能听到那人皮鼓"咚咚咚"声呢？那声频敲击着溅起愚昧的遗训，那用少女腿骨制成的魔笛，从骨髓缝里发出的颤音在城与墙间缠绵飘落……这魔方般的魔鬼城！我猛一抬头，看见城的悬梁上，垂吊的塔灯亮是一只只活着的眼睛，成串的童男童女的腿拐骨制成以光滑的珍珠般项链，缝在滴血的脖颈……我仿佛走进了一个中世纪的黑暗魔域，那沉淀的僵死阵痛般的凶恶在黑暗中蠕动。我憎恨我诅咒这魔王灭绝人性的行径，而它们带着人与兽的所有满足走进狭窄的坟茔，留下的不过是动物般的残骨和血腥……

　　我进入魔鬼之阵，有着我今日冷目与愤怒！我愤怒的血浆中喷射出普通的呐喊，我想抽出平等民主之剑，我想投去对魔鬼城无比的怒火，于是，我觉得是我和我们让整个怕光怕火的世界被燃烧。不信，你瞧，如今魔鬼城光秃秃的一切和火的痕迹，就是当年城亡的见证！

　　我从魔鬼城的幻觉中惊醒，而我深信魔鬼城的灭亡是因为阳光和怒火的血拼。你看那，这一片魔域仿佛历史的痕迹安然留存，似乎人类进入新时代，就把全世界所有制造罪恶的宫殿打铸在这里，似乎把所有作恶的魔鬼全捕捞禁闭。我想，也许魔鬼城里从前魔鬼太多，也许魔鬼之恶也太多太多，在新世界文明的灿烂阳光下，阴暗的魔鬼栖身之处已很少，这眼前的魔鬼城，连门高和穴洞也被正义封凝，只留得沧桑历史之风，剥离这一层层恶魔的痕迹……

如今,高高耸立的井架抢占了王君的金冠凤顶,则是对残酷暴政的一种巨大嘲讽。我想,因为历史的褒贬和千秋的评说,全不在当时的威凛而在历史的公正……

我们像进入一个噩梦搬进了魔鬼城,我们又像逃离魔鬼一样离开魔鬼城,我远眺仿佛另一世界的遗存,庆幸地球上只有这无声无息的死魂……风起,我们默默离开此城。

白沙窝传

我始终忘不了白沙窝。

白沙窝,是个沙包堆起的名字,地处于额尔齐斯河出境的布尔津河和哈巴河南面,在新疆阿勒泰地区吉木乃县边境线兵团农十师 186 团北面。

茫茫白沙,像一片凝结的白色天海,一浪接着一浪,伸向远方。一眼望去,银光熠熠,起伏浩荡。遇到大风,它就像一只巨大的白蟒,成了活的白沙窝,蠕动着,变幻着姿态,像哈萨克族小巴郎在尽情玩耍调皮。如果风平"浪静",它就静得出奇,冬天雪花飞扬的时候,白沙和蓝天交融一体,如静卧的白衣哈萨克族少女,清雅淡妆,轻舞着帷幕般洁白纱巾;夏日里,沙窝上白里透红的是一簇簇红柳,青绿点冠,与白沙相融,天然谐和,格外美丽诱人。

一位老军垦对我说:你爱动两下笔杆子,你可要为我们白沙窝立个传啊……

从那老军垦深情期待的眼里,我感到在白沙窝生活过的军垦战士,对那里都有一种别样的深情。

1970 年冬,我才 13 岁,随家到了 186 团五连,就居住在刚建连的白沙窝边。

记得寒假里，一连几天几夜的西伯利亚寒风，从西面把狂风积雪压向了我们五连。那天，我们按习惯时间起床时，屋内"暗无天日"，从门窗看外，一片漆黑，毫无光亮，以为钟表有误，又倒头睡去，过了好大一会儿，睡不着，仍不见门窗有一丝透光，隐隐约约可听到房顶上面风声尖利，呼呼不断，就觉得奇怪。我们点了油灯看窗，呵，原来窗户被雪堆封住了，再开门看——大雪早已把门封了个严严实实。幸亏门朝里开，不然，连门都打不开。

和父母一起，我们兄弟紧急行动起来，先把封门的雪切成大块，挪搬到屋里，再往前挖，就这样，装了大半房子雪块，才打开了一条通道，出了通道，才见到外面的世界早已大亮，太阳如大饼高挂天上，西伯利亚寒风已偃旗息鼓了。

我们钻了出去后，连队其他人也纷纷钻了出来，见之情景，大家哈哈一笑，这才看见连队几十栋平房，几乎全在大雪掩埋之中，好在露出个房顶，只能看到屋顶一个个烟囱，房前后，堆到房檐一般高的雪，前后延伸出几十米。

我们帮年龄大些的职工挖开门窗，忙了一整天，家家户户才"喜见天日"。

不料，第二天，当地有名的"诺海风"在西伯利亚风刚刚息事宁人时，从东面席卷而来，气势汹汹，铺天盖地，不可一世，大有世界末日之势，整个白沙窝地区在一片白色笼罩之中，很快就把挖开的门窗又填封了，我们再度进入了"黑暗"。

这次，我们有了经验，全连各家各户展开了"雪道战"。

狂风作用力下的雪瓷实坚挺，很硬，极易铲削，也容易削成"雪砖"。我们把雪道两壁削得光滑笔直，像用泥抹子抹过的墙壁。制成的雪砖，方方正正，像长城一样，磊加在雪道两边，有的人家在雪道旁不费力地修整出一个个"掩体"或"冷藏柜"。

但挖出的雪道太直，很快又被风雪填满，我们就挖成"之"字形雪道，这样拐弯抹角挖法，不会让雪道"全军覆灭"。挖成的雪道宽近一米，成了雪宫一样的白雪走廊，我们跑窜其中，很像在童话中。这成了我们小兄弟朋友们的乐事，反正没事，连队学校也被雪封了。我们这些连队的少儿们，个个煞有介事地玩演"雪道战"，还哼着电影《地道战》的歌曲，自家的挖好了，争着给别人家挖。我们对雪壁削得一丝不苟，打整的面平墙直，横竖有样。对雪砖切得整整齐齐，大小一致，磊码的"雪长城"也错落有致，严丝合缝，其"雪雕作品"在我们心中很完美。那时所有大人小孩，没有人恐怖慌张，也没有埋怨什么。

诺海风越来越大，我们挖得雪道，不到一天一夜又被风雪填住了。这怎么办？

连队面前是一块低洼的湿地草场，虽然天寒地冻，风雪交加，但地下水在不断涌出，一边流淌，一路结冰，一冬下来，结冰宽约三十多米，长达几千米，形成了一个天然的大"冰场"。

由于地水溢出，形成一层冰一层雪，结冰像夹层饼干。

我哥哥发现取冰块很容易，就说，把冰块支在窗前和雪道顶上，雪不就封不住了。于是，我们就试着在冰面上，将四

额尔齐斯河两岸 ◆

周按成型要求凿透，我哥说，这叫"划玻璃"。然后，四角同时轻轻一踩，只听"吱"一声，见方冰块就会轻微塌陷，这样，"冰玻璃"算"生产"告捷，产品就完成了，十厘米左右厚的冰块，被凿成一米见方的"冰玻璃"了。"生产"中，因为稍有不慎，冰块不是掉角就是碎裂，反正"资源丰富"，可谓"取之不尽用之不竭"，随我们任意"开采"就是了，所以，我们对"生产"要求很严，刻意对"生产工艺"精益求精，凡"残次品"，一律就地一摔，听一声"哗啦"，碎裂的冰块像散花一样，在冰面上扇形滑溅射开，随风刮过，向远处溜去，煞是一趣。我们把整齐划一的"一等品""冰玻璃"斜支在窗前，周围用雪块固定封住，这就成了窗外窗，"冰玻璃"晶莹透亮，表面光洁，任凭风狂雪大，屋内不再漆黑。如法炮制，我们把冰块铺在"雪道"顶上，任凭风雪肆虐多天后，我们不再被大雪堵塞，不再过没有白昼的日子了。大人们发现我们干得有道理，纷纷仿效。这样，整个连队都像现在的塑料大棚，军垦战士说，这是"水晶宫"。

月余，雪道不再洁白，雪墙不再棱角分明，"水晶宫"不再蔚为大观时，我们要去十几千米远的团部上学了，走时，我们兄弟还对一冬雪战建造的"冰雪工程"依依不舍。

我们是寄宿上学，一般两星期才得以回家一次，好容易盼到一个星期天可以回家了，天晓得我念念不忘的，是我们的冰雪杰作。一路上，我快步如飞，就是想看看"它们"怎样了。现在才懂得，那是在我们少儿心中，已赋予了它们一种生命了。然而，我远远就看见长城遗迹似的雪城，早已"残垣断壁"，一塌糊涂。现在想想，有点像交河故城，只不过交河

147

故城是灰土色,而我们的"水晶宫"曾经雪白蓝青,一片生机啊,我好心痛!再过一次回家时,整个连队的残雪已不复存在,这时,已春意萌动了。我问父母,他们笑着说,化雪时可遭殃了,雪水都灌进家了。

"冰雪之城""水晶宫"呵,她永远是我心中真实存在着的另一座"交河故城",或者我叫她"白沙窝故城",这座可以融化的故城虽然早无遗迹,但是,她曾真实地被人们用双手用心创造过,她有我少儿时一段美丽的回忆,那里分明记述着军垦人艰苦卓绝战天斗地的创业历程,还有我早已去世的哥哥的聪明才智……

第二年春,职工在白沙窝脚下万亩肥沃的处女地上播种了油菜。夏日里,整个白沙窝东南一侧,条田方正,满目绿色,一望无际,正值油菜花开时,一片金黄,芳香四溢,沁人肺腑。我们几个曾亲手设计制造出"冰雪工程"小兄弟朋友们,欣喜尽情地在没过我们头顶的油菜地里疯跑。

那年油菜获得了大丰收,油菜秆比人都高,和玉米秆差不多粗。

军垦战士说:"我们刚安营扎寨,白沙窝就来了个下马威,现在呢?还是我们厉害嘛。"也怪,那以后,再也没见过那样大的风雪。

之后,我上学当兵离开这里了。

以后多年里,我一直关注着白沙窝。每当我不断在报纸媒体上看到来自白沙窝丰收的消息,我就感到由衷的高兴。

这些年,我虽然去了不少地方,到过繁花似锦的广州深圳,富丽堂皇的北京上海,看到过香港澳门的独特以及异国风光,按说,算长了点见识,但每逢我想起多年前的生活过白沙窝,想起那洁白的雪城,我的眼前仿佛就出现了那些憨厚勤劳的人们,想起他们诚实的眼神和开怀大笑,想起怒吼的狂风和铺天盖地的大雪,还有那"冰玻璃",还有草地刺丛中四处蠕动的刺猬,偶尔来探头探脑的狐狸,以及夜幕里恐惧的狼嚎,想起白沙窝里大片的红柳和沙中珍贵的鸡爪参……那一切都历历在目,犹如昨天。

遥思白沙窝,常常引发我更多的思绪。

时代在改革声中飞跃发展,价值观念有了许多新的注释,人们对事物评价有了新的坐标。眼前的世界,变幻莫测,周围的生活,令人目不暇接,给人们带来几多欢悦。

回顾往事,烟波浩淼。我相信生活。人生就是造就一种生活,有时候能注入主观能动性,有时候也可能无可奈何,但任何时候,都不要忘怀过去非愿望的生活。非愿望的可能还是,而愿望的可能则不是。生活和生存的意义,很大程度说,在于个体的理解和比较。乐于面对和正视生活,就是一种快乐。

现在人的生活是大大改善了,精细和重视于生活,快登峰造极了,我听过一种说法,对于笑,也要讲质量了。我理解不足时想起,就是那年冬天,有位妇女在冰场挑水,因风大滑倒,人坐在冰上,顺风滑出几百米远,两只水桶一泻千米,第二年春天才得以找回。她摔倒时那种开怀的笑声,让我记忆犹新。我一直觉得,那笑声并非不入现代文明笑的质量圈,他们的笑中虽有生活艰苦,但实实在在不掺假地,包含着创业乐趣和奉献之大美,其笑的质量不一定比现在人低。

他们从冰场挑回来的水,带着明显的咸味,与现在人对水的饮用标准差别当然很大,白沙窝的军垦人们,一个冬天靠化冰吃水,点着油灯,吃着粗面大饼,只有萝卜白菜,缺油少肉,他们不可能去研究食物营养和饮食结构,虽算"穷作乐",但并非"乐穷"。然而,那也是一种生活,或者说,是让他们难忘的甘甜的生活。

当然,我并非完全信奉淡泊清雅,随意俗解庄子"贵真全性",也不妄凑"觉悟"或不顾事实,我承认,高级文明是人类的目标,但适度才能最终伴随人生过程。这里需要推崇的,是一种境界。

那静谧久卧的白沙窝呵!

额尔齐斯河在关注

广袤准噶尔盆地一望无际,蓝天白云下,静默的库尔班通古特沙漠,以干涸和荒凉写就着千百年的沧桑经历,无边的大戈壁,虽然画龙点睛般出现了乌伦古湖奇观,但是,阿勒泰之魂、九曲回肠的额尔齐斯河日夜诉说着远离现代文明的偏远、寂寞和封闭……

这是祖国一片半沉睡的大荒原。

铁路,是地球一条写实的经纬线,铁路,从来就是人类文明进展的象征,是经济发达程度的里程碑。自世界从1825年英国诞生第一条铁路始,而同时期一个偌大的中国,直到1876年才有那条淞沪轻便铁路,从那时起,铁路,成了巍峨阿尔泰山跨近两个世纪的梦想。

铁路,不仅直观地成为现代文明人流物流的有形通道,也是进入文明信息流、甚至高于直观铁路的时代动脉。无疑,奎北铁路成为中国西部最北部文明使者坚挺的骨骼,修建奎北铁路,就承担了制造边疆大动脉奇迹的历史责任。荣幸的是,历史赋予了兵团建工师建设者这一使命。

5月的阿勒泰福海地区,寒风凛冽,不时雨雪交加,但在建工师施工的奎北铁路 S3 标段沿线工地上，两千多建工师将士仍日夜奋战的人迹罕至的乌伦古湖一带，在人声鼎沸、车水马龙的施工便道上，沙起土落，车如穿梭，137.79 千米、宽十多米、高五米左右、以一千两百多万土方垫起的梯形成型路基，像一条巨大长龙，蜿蜒从和丰县巴音达拉，途经福海，向北屯快速挺进。

"创建设奇迹，巧夺天工，天堑变通途"，"筑奎北铁路，开发西部，建千秋伟业"、"建好奎北铁路幸福线，圆阿勒泰人民百年梦"，这样的宣传标语四处可见，在几乎无人涉足、沉寂千百年的库尔班通古特沙漠以北、额尔齐斯河以南广袤的荒无人烟处，一路气派壮观、大方漂亮、标示建工师的彩门格外抢眼，印有"兵建集团"的千百面彩旗迎风招展，在百里沿线风雨中，形成了一道独有的景观。

奎北铁路南起奎屯，途经克拉玛依、乌尔禾、和布克赛尔及福海县，北至阿勒泰地区北屯市，全长 458 千米，这条千里铁路工程总投资 55 亿元，是新疆"十一五"重点投资建设的铁路工程项目，工程于 2007 年 4 月起初步动工，计划至 2009 年 9 月建成并投入运行。

建工师兵团建工集团施工承建的奎北铁路 S3 标段，起点是和丰县巴音达拉，终点为北屯，主要工程有：巴音努鲁隧道一座，全长 2390 米，500 米以上特大桥 4 座、大桥 1 座、中桥 11 座、小桥 33 座、涵洞 304 道，车站 5 座。终点站北屯站这座特别造型设计、并在奎北铁路别有意义的现代化车站，也将出自他们之手。

截止 5 月 20 日，建工师兵团建工集团施工的奎北铁路

S3 标段，共计 1210 万立方米土石方已完成九百多万立方米，实现产值 2.4 亿元。主要工程之一巴音努鲁隧道，年内将实现全线贯通的目标。巴音、克勒河大桥和连接福海北屯的盐田特大桥和其它桥梁涵洞工程已全面展开，混凝土预制进展顺利。曾经野狼出没的农十师 188 团一片盐碱地，明年将是漂亮的北屯火车站，现在，车站场二百多万方土石方已基本完成，高出地面数米、一万多平方米站场基础一马平川大功告成，浓郁的沙枣花香正伴随着夜以继日、挑灯夜战的建设者们。

建工师奎北铁路建设指挥部就设在阿勒泰地区称之为鱼米之乡乌伦古湖畔的福海县。自这些铁路建设者入住后，当地人说，原来关注主要是县委指令和菜市场，现在有了第三关注，那就是，开始注意这些被数九严寒冻得险些要命、被烈日炎炎暴晒的黑红脸庞，打量着这些不时大步流星穿梭街市，更多的还是伴驾着机车日夜隆地穿梭市区的建设人，这些人打破了此地昔日的寂寞平静。如同不会怪嗔喜事锣鼓和节日鞭炮那样，当地各族人民对建设大军的到来喜不自禁，自然而然地跟着建设人的急急忙忙的步伐，把欣喜、欢迎、支持和实际行动与彩色的铁路梦想，一道汇入建设铁流之中，一同加快了生活和生产的节奏，为圆两个世纪之梦，唱起了共同建设奎北铁路的世纪性嘹亮战歌。

上线半年来，奎北铁路建工师兵建集团施工的标段，已成为全线的样板工程。4 月 29 日，奎北铁路建设指挥部组织全线 12 家施工、设计、监理、试验和检测单位领导五十余人，来到建工师兵团建工集团施工的奎北铁路 S3 标段观摩学习，参观了由北新路桥公司施工的巴音努鲁隧道工程、克勒河特大桥工程及3千米成型路基，兵团四建预制厂、拌和站、盐田特大桥等三个分部标准化工地建设。指挥部领导大力表扬建工师兵团建集团奎北铁路指挥部，称赞他们组织有序，进展迅速，成绩斐然。

我们习惯把吃大苦耐大劳作为建设者的代名词，是的，铁路建设者之苦无人不晓。他们常年在外，一年只有冬季才可能回家过年，大都在荒漠戈壁人迹罕至的地方，日复一日，年复一年，甚至一生的大半在那里度过，他们面对的是最恶劣的气候和近乎原始落后的生活方式，最苦的还有远离都市文明的寂寞，等等……

但是，不要以为建设者们只有傻大憨粗苦，只会出大力流大汗，去最苦的地方，吃最差的饭菜，居最差的住宅，忍受最大的寂寞等，那是过去，当然，也是现在生活状况的部分写照，因为，他们仍然在进行最艰苦的劳动，吃住仍然较差，仍然远离都市很寂寞冷清，然而，现在的铁路建设，人变了，施工的条件也大为改观了。

他们身上闪烁更多的是现代科学管理的人文气息。文化兴师，不仅成为全师的共识和行动，也成为建设铁路一大亮点，"更新理念 精细管理 相互学习 共创精品"企业文化理念，以"又好又快地完成奎北铁路施工任务"为己任，始终坚持"高标准、高起点、严要求"，按照"开工必优"、"一次全优"、"全线全优"的要求，创"火车头奖"等品牌理念深入人心，并具体到工程项目，各项制度、工程进展情况等一目了然，重要的是领导们的现代管理意识，使铁路建设插上了科技术翅膀,这使得他们施工进度快、质量好,受到了上级铁路项目指挥部和同仁及专家们的广泛好评。建工师兵建集团铁路项目指挥部被乌鲁木齐铁路局评为 2007 年度优秀项目部后,在此次现场交流会上,又以总分几乎满分的骄人成绩,再获全线第一名,受到业主 11.6 万元奖励,并号召全线向建工师兵建集团学习

昔日靠人力车和人海战术得以施工的取胜,现在,最先进的国内外大型机械在工地一字摆开, 四处可见, 蔚为大观; 全线工地都能看到先进的信息数控自动化指挥办公系统, 使指挥者们能决胜于千里之外。吃住行通(通讯),尽其可能达到最好,伙食标准不断提高,新鲜蔬菜水果不再是工地难以谋面的奢侈品,有的住上了新型材料制作的彩板房,住区干净明亮,不仅避风遮雨,还尽可能养花种草,门前有菜地,食堂设庙如消毒柜电冰箱齐全;工地有太阳能淋浴间的,工地卫生间是抽水马桶、小卖部俱全,办公、读书看报娱乐场所适用,电视地面卫星接受系统开始进入,市场经济运作,使现代通讯基本到达了每个工地,通讯比较畅通无阻。铁路建设于早年比,已发生了喜人变化。

铁路建设让现代文明向边远落后地区延伸, 落后的施工方式,也不再属于现代铁路建设者,铁路建设者们的生产生活紧随着文明的步伐,以文明的方式建设文明。有我们这样一支久经考验的王牌施工大军,我们有信心预祝 2009 年国庆节前奎北铁路胜利通车, 我们期待着那个令人欢欣鼓舞的时刻。

图书在版编目(CIP)数据

　　魅力文丛 / 卓尔主编.—阿图什：克孜勒苏柯尔克孜
文出版社；乌鲁木齐：新疆电子音像出版社,2003.12
(2009 年 12 月重印)

　　ISBN 978-7-5374-0484-6

　　Ⅰ.魅…　Ⅱ.卓…　Ⅲ.故事—作品集—中国—当代
Ⅳ.I247.8

　　中国版本图书馆 CIP 数据核字(2003)第 125254 号

丛 书 名　魅力文丛
主　　编　卓　尔
本册书名　额尔齐斯河两岸
作　　者　曾其祥
责任编辑　郑红梅　刘伟煜　张莉涓
书籍设计　党　红
版式制作　卜建晓
出　　版　克孜勒苏柯尔克孜文出版社
　　　　　新疆电子音像出版社
地　　址　乌鲁木齐市西虹西路 36 号
邮　　编　830000　　电话:0991-4690475
发　　行　新华书店
印　　刷　三河市华晨印务有限公司
开　　本　850×1168 毫米　1/32
印　　张　5
字　　数　96 千字
版　　次　2009 年 12 月第 2 版
印　　次　2009 年 12 月第 1 次印刷
书　　号　ISBN 978-7-5374-0484-6
定　　价　298.00 元(全十一册)